amuleto con scaglie
e dente avvelenato
di mamba nero
ONI
AMAKA
dall'Etiopia
sa parlare
con gli animali
Anubi

THiLO

ACE
L'Accademia degli Avventurieri

EDICART è un marchio EDICART Style

Via Jucker, 28 - Legnano (MI) - Italia

Concesso in licenza da: Mack Media & Brands GmbH & Co. KG.

Direttore responsabile: *Michael Mack*

Testo: *THiLO*

Illustrazioni: *Max Meinzold*

Sviluppo trama e sceneggiatura: *David Ginnuttis*

Titolo originale: *Die fliegende Schule der Abenteurer*

- Der Dschungel im ewigen Eis

Traduzione dal tedesco di *Beatrice Mereghetti*

In collaborazione con MACK Magic

Basato su un'idea di *Michael Mack, Jörg Ihle, Nils Feigenwinter, Tobias Mundinger*

www.edicart.it

THiLO

ACE

L'ACCADEMIA DEGLI AVVENTURIERI

Avventura nel Settimo Continente

Illustrazioni di
Max Meinzold

EDICART

Il Percorso degli orrori

Oliver Sneyder era accovacciato nel suo armadio. Teneva un occhio pigiato sull'apertura di un tubo e tratteneva il respiro. Attraverso un sofisticato sistema di specchi, poteva osservare esattamente tutto ciò che succedeva nella stanza e nel corridoio. Per riuscirci, aveva posato decine e decine di metri di tubi sotto il rivestimento delle pareti del castello. Certo, avrebbe preferito telecamere e monitor veri e propri, ma i prezzi superavano di parecchio la disponibilità del suo salvadanaio. Però, si sa che la necessità aguzza l'ingegno, specialmente se parliamo di Oliver. Il suo sistema di sorveglianza a tubi era per lui fonte di grande orgoglio, ma soprattutto gli avrebbe salvato la vita.

Azionando una leva sulla parete dell'armadio, un tubo si chiudeva e un altro si apriva. In questo modo, Oliver poteva osservare i due luoghi uno per volta. Un dettaglio di estrema importanza, perché voleva sapere con prontezza quando sarebbero arrivati per venire a prenderlo. Al momento, Oliver non vedeva niente. Con il dorso della mano si asciugò dalla fronte un esercito di goccioline di sudore. Non aveva messo in conto nel piano questo caldo bestiale.

Oliver si era studiato ventidue film per prepararsi all'azione, e pure una pila intera di libri. Parlavano tutti delle evasioni più famose dalle prigioni più sicure del mondo. La sera, con fatica e minuzia, Oliver aveva clandestinamente portato ogni asse in camera sua, una alla volta, e aveva costruito di nascosto una parete divisoria nel suo armadio. Al primo sguardo era perfettamente invisibile, e anche al secondo e al terzo. Nemmeno Connor Blaze, il suo compagno di stanza al castello di Deep Fog, a cui, di solito, non sfuggiva niente, l'aveva notata. Oliver staccò l'occhio sinistro dal tubo, lo strizzò e vi premette il destro. Anche stavolta: niente.

Entrambi i lati del corridoio erano deserti. Oliver osò fare un respirone. Al contrario dei detenuti e degli innocenti incarcerati di quei film, non voleva fuggire. Superata una prima resistenza, l'Accademia ACE ora gli piaceva molto. Seguire le lezioni in una scuola per avventurieri era insolito, e le nuove materie gli richiedevano molto più impegno rispetto a quelle della scuola normale che frequentava prima. Là Oliver si era sempre annoiato e spesso sapeva più cose lui dei suoi insegnanti, il che non lo aveva reso mai troppo simpatico né a loro né ai suoi compagni di classe. Qui, invece, la maggior parte delle professoresse e dei professori era in gamba, soprattutto Harold Godric McFinnegan. Il vecchio scozzese accompagnava Oliver e gli altri tre guardiani dell'Adventure Club of Europe nelle loro missioni da ogni parte del mondo. Per spostarsi non prendevano il treno o un normale aereo, bensì volavano sullo Sky Explorer, uno zeppelin supersonico che Oliver a volte aveva il permesso di pilotare!

No, Oliver Sneyder di sicuro non sarebbe mai voluto scappare da quel castello avvolto nella nebbia. Il suo obiettivo era solo sopravvivere alla giornata. E per riuscirci, non doveva farsi trovare. Perché oggi il programma prevedeva la peggiore di tutte le torture: la gara di corsa nel Percorso degli Orrori.

Oliver rilassò la schiena con un gemito. Accidenti, che caldo! Probabilmente stava sudando più lì dentro di quanto non avrebbe fatto partecipando alla corsa. Le gocce di sudore sulla schiena, intanto, si erano trasformate in veri e propri torrenti. Scrosciavano verso l'elastico dei pantaloni come un'inondazione, o almeno così gli sembrava. Perfino gli occhiali gli si erano già appannati. A Oliver serviva dell'ossigeno fresco. Dopo essersi assicurato ancora una volta che la via fosse libera dando un'occhiata a 360 gradi, spinse di lato il doppio fondo e aprì la porta dell'armadio.

Ma, con sua grande meraviglia, l'aria non lo rinfrescò. Anche la stanza era calda e afosa come una sauna.

"Per forza!" si lamentò Oliver, uscendo del tutto dal suo nascondiglio. "C'è il termosifone che scotta!"

Appena Oliver impostò la valvola sullo zero, una mano gli si appoggiò sulla spalla.

"Vieni" disse una voce. "Vedrai che sopravvivrai".

Oliver si girò di scatto. In piedi dietro di lui c'era Connor Blaze. Da dove era arrivato così all'improvviso?

Portava ai piedi gli stivali magici di Louie Undici-Dita che Bartholomeus van Robbemond, fondatore dell'ACE, gli aveva lasciato personalmente in eredità. Con quelli ai piedi, Connor poteva muoversi senza il minimo rumore.

Oliver abbassò la testa. "Pensavo che quelli funzionassero solo quando siamo tutti e quattro insieme" mugugnò sconsolato. "E da quando ti rendono anche invisibile?"

Connor fece uno dei suoi sorrisi misteriosi. "Non ho dovuto camminare di soppiatto" rivelò. "Mi è bastato usare una pellicola riflettente e alzare al massimo il riscaldamento. Un vecchio trucco di quand'ero un maestro del furto. E poi, ero sicuro che tu fossi nascosto qui da qualche parte".

Oliver annuì senza replicare. La famiglia di Connor Blaze, a differenza della sua, non aveva una storia secolare nell'ACE. Connor era orfano e fino a poco tempo prima aveva tenuto il mondo con il fiato sospeso vestendo i panni del *Fantasma*. Con il volto celato da una maschera da pantera, aveva rubato in cambio di grosse somme di denaro oggetti inestimabili da musei, gallerie o altri edifici tutti ben sigillati. Solo quando aveva provato a portare via dall'ACE la Tigre di Fuoco, il leggendario pugnale di van Robbemond, era stato smascherato. Allora Catherine Noir, la Presidente del Club, aveva dato a Connor due opzioni: il carcere minorile o l'Accademia. Connor aveva scelto la scuola, dapprima senza troppo entusiasmo, ma poi era rimasto con piena convinzione. Alla decisione aveva sicuramente contribuito la voglia sul braccio di Connor. Bartholomeus van Robbemond ne aveva una uguale nello stesso punto, come il dipinto a olio nell'ingresso del castello mostrava chiaramente. Inoltre, l'unico ricordo della madre defunta era una moneta tagliata a metà, appartenuta un tempo al fondatore dell'ACE. Come fosse finita nelle mani della signora Blaze era un mistero che finora nemmeno Connor era riuscito a svelare. Ma non faceva segreto del fatto che quel pensiero non gli lasciasse pace.

Oliver sospirò. No, di Connor ci si poteva fidare sempre al cento per cento. Soltanto oggi no, ovviamente, quand'era di cruciale importanza.

"Da quando pugnali gli amici alle spalle?" squittì Oliver con voce acuta, mentre attraversavano i corridoi deserti del castello. "Sei un traditore. Anzi, peggio. Voltare la faccia agli amici che si fidano di te è alto tradimento!"

Connor emise con forza l'aria tra i denti. "Tsss!" fece. "Traditore? Ma se ti ho salvato il didietro! Se oggi non partecipi alla gara, per punizione sicuramente non potrai venire alla prossima escursione. Conosci Maximov e le sue regole".

Oliver annuì. In effetti non aveva tutti i torti. "Ma i castighi del futuro non sono terribili quanto le torture del presente..." mormorò.

Per quanto Oliver si impegnasse a camminare il più lentamente possibile, alla fine i due raggiunsero il parco del castello. Addirittura puntuali. Tra i tassi vecchi cinquecento anni si snodava il Percorso degli Orrori, che da una settimana procurava notti insonni a Oliver. Bisognava superare pareti di legno lisce alte quattro metri, appendersi a una fila di anelli a tre metri dal suolo, spingere massi pesantissimi su per una collina ed eseguire tutta un'altra serie di esercizi che, agli occhi di Oliver, non avevano nessun senso. Presiedeva la gara il Direttore Severin Maximov in persona.

Quando i ragazzi comparvero, lanciò un'occhiata di rimprovero all'orologio d'oro da taschino. "Appena in orario!" bofonchiò tra sé, e fece scomparire l'orologio nella tasca del gilet. "Vi converrà raccogliere a piene mani tutto il vostro coraggio per affrontare il Percorso..."

Tutto il resto della classe era già presente: Oni e Belle, le amiche di Oliver, ma anche la cricca dei quattro sbruffoni. Zack Zackowski, Mary-Jay, Pochahontas Mills e Akono Bantu sfoggiavano completi sportivi all'ultima moda e già sorridevano immaginando i tentativi spasmodici che a breve Oliver avrebbe compiuto per portare a termine gli esercizi.

Belle e Oni fecero un cenno di incoraggiamento a Oliver, Maximov si schiarì la voce.

"Le escursioni con gli Sky Explorer preparano al meglio le vostre abilità intellettuali," così il Direttore cominciò uno dei suoi temutissimi, interminabili monologhi. “Ma un buon avventuriero deve allenare anche i muscoli e l’agilità. Se, mentre siete alla ricerca di un artefatto magico, vi imbatterete in un grizzly, mi ringrazierete. Ecco perché, alcuni decenni or sono, ideai questo percorso che allena cinque diverse aree: la coordinazione, la forza...”

“Abbiamo già letto tutto, Direttore” Zack interruppe il discorso. “Non potremmo cominciare e basta?” Mentre parlava, fissava Oliver sorridendo e gli fece l’occhiolino con un ghigno. “Sono sicuro che ci divertiremo un sacco...”

Maximov si aggiustò la giaccia. “Sì, bene, volete iniziare, lo capisco...”

“Ma non è logico,” Oliver ebbe il coraggio di ribattere. “Se un grizzly mi si scaglia contro, è improbabile che ci siano pareti di legno perfettamente lisce nelle vicinanze!”

Maximov fece finta di non aver sentito. “Alla linea di partenza!” disse piccato e ripescò l’orologio da taschino. “A proposito, a detenere il record da più di trent’anni è Dick Sneyder, che proprio per questo ho invitato a fare da arbitro per la giornata di oggi”.

Oliver sentì uno spasmo allo stomaco. Fino a dieci secondi prima non sarebbe riuscito a immaginare come quel giorno sarebbe potuto andare peggio. Ora lo sapeva. Su una piattaforma intorno al tronco di un tasso a dieci metri di altezza c'era suo padre con un binocolo in mano, che salutava sportivamente.

"Potevi chiudermi nell'armadio e lasciarmi morire lì, Connor" gemette Oliver. "Ora non solo devo sopportare la cricca che mi prende in giro. Quando ci riuniremo in famiglia, ci saranno pure nuove, terribili storie su quanto il piccolo Olli sia diverso da tutti i parenti..."

Suo padre era un avventuriero modello, proprio come se lo immaginava Maximov: impavido, temerario, eloquente, sportivo e intelligente; a parte l'ultimo punto, l'esatto opposto di Oliver, come Dick Sneyder non perdeva occasione di rimarcare.

Connor Blaze mise una mano sulla spalla di Oliver, ma di più non poteva fare. Nel Percorso degli Orrori ognuno doveva cavarsela da solo. Anubi, il suricato di Oni, si avvinghiò alla gamba di Oliver. Almeno lui capiva quanto fosse tragica la situazione per il ragazzo. Oppure stava già dicendo addio a un moribondo?

Oliver Sneyder guardò verso il cielo. "Caro Universo," pregò. "Se hai mai pensato di intervenire nella mia vita per mezzo del fato, questo sarebbe un ottimo momento per un miracolo!"

Il Direttore Severin Maximov prese il fischietto tra le labbra, gonfiò le guance e... e... e poi il miracolo accadde!

Pericolo di vita!

“Ci riveli una volta per tutte dove voleremo, signor McFinnegan!” insisté Belle impaziente. “Nelle cripte sepolte delle piramidi? Alla ricerca di Atlantide? O è il giorno in cui sveleremo l’enigma di Stonehenge?”

Oliver notò che le brillavano gli occhi. Belle amava l’avventura. Da quanto, a otto anni, era sopravvissuta due giorni da sola nel Sahara, sembrava non avere più paura di niente.

Oliver invece, faceva volentieri a meno di quell’entusiasmo. Preferiva risolvere i misteri a distanza di sicurezza, ma spesso non era possibile. Guardò dal finestrino dello zeppelin. Lo Sky Explorer sorvolava placidamente l’Europa. A Oliver la meta non importava. Qualsiasi cosa era meglio che superare ostacoli sotto gli occhi di suo padre.

Connor Blaze, invece, voleva sapere tutto nei dettagli. “È una missione segreta per i guardiani dell’ACE, dico bene?" chiese. "Non c'erano escursioni in programma per questa settimana".

Harold Godric McFinnegan si alzò dal posto di pilotaggio dello zeppelin e affidò il comando a Tici, l'unità IA.

"Non farti tirare fuori tutto con le pinze, Harold!" Tici rimproverò l'insegnante. "I giovani umani sono più motivati del 23,6 per cento se conoscono il motivo dei loro incarichi".

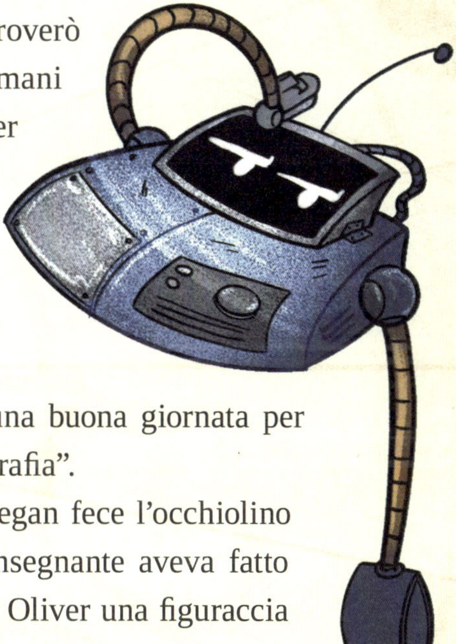

"Niente missione segreta, niente Atlantide" grugnì lo scozzese sotto la barba rossa. "Ho solo pensato che fosse una buona giornata per insegnarvi le basi della cartografia".

Senza farsi notare, McFinnegan fece l'occhiolino a Oliver. Il ragazzo capì. L'insegnante aveva fatto tutto questo per risparmiare a Oliver una figuraccia davanti a suo padre.

In qualità di guardiani dell'ACE, Oliver, Belle, Oni e Connor avevano uno status speciale nell'Accademia. Tuttavia, solo Catherine Noir e McFinnegan sapevano del loro ruolo. Infatti lo scozzese aveva dovuto affrontare anche un diverbio piuttosto lungo con

Maximov per liberare Oliver e gli altri appena prima di quell'importante competizione. Ma Noir copriva senza riserve tutto ciò che interessava i guardiani.

Oliver gli rispose con un cenno della testa. Finalmente poteva rilassarsi. McFinnegan era proprio...

Un botto assordante strappò Oliver ai suoi pensieri. Lo Sky Explorer balzò di alcuni metri verso l'alto. Oliver fu scaraventato contro Belle, Oni andò a sbattere contro il tavolo da carteggio, Anubi scivolò con un verso stridulo contro una parete. Connor si aggrappò al cavo di una lampada, i piedi a penzoloni, finché il cavo non si staccò dal soffitto. A McFinnegan cedettero le ginocchia, e sbatté la testa contro uno scaffale. Tutti gli oggetti a bordo finirono per aria. Del fumo nero usciva dalla pancia dello zeppelin.

"Esplosione nel vano motore" comunicò Tici sovrastando il rumore. "Perdiamo rapidamente quota".

Oliver strinse i denti. Si abbarbicò allo schienale del posto di pilotaggio e cercò di non far aumentare il panico che sentiva. Belle giaceva ai suoi piedi, ma sembrava illesa. Oni si spostò a gattoni per fare scudo al suo Anubi con il corpo. McFinnegan era a terra, stordito.

Oliver percepì che lo zeppelin stava precipitando. Volava a un'altitudine di 3251 metri, se si considerava l'accelerazione di gravità di 9,81 metri al secondo quadrato, allora all'impatto mancavano...

Oliver scosse la testa. Perché pensava a quella formula adesso? Doveva agire, non fare calcoli!

Oliver si tirò su e si issò sul sedile del pilota.

"Tici, che cos'è esploso esattamente?" chiese con voce malferma. Nel frattempo, pigiò alcuni pulsanti sul cruscotto. I battiti del suo cuore si calmarono un poco. A differenza dei grizzly, la tecnologia era prevedibile. A Oliver serviva soltanto sapere quali parti erano state danneggiate. Poi avrebbe potuto prendere provvedimenti. O almeno sperava...

Tici, l'unità di Intelligenza Artificiale, sembrava altrettanto confusa. Volò verso una presa sul soffitto e vi si collegò.

"Abbiamo diversi cavi bruciati nel compensatore Strato" riferì finalmente Tici. "E due chiusure saltate nel serbatoio di idrogeno".

Oliver guardava impotente la quota sull'altimetro che calava in maniera preoccupante. Belle e Oni trascinarono i materassi fuori dai letti e li accatastarono uno sull'altro. Ma avrebbero potuto fare ben poco contro uno schianto incontrollato. Dipendeva tutto da Oliver!

"Ho trovato qualcos'altro, ma questa diagnosi ha una percentuale d'errore del 98 per cento" stridette Tici. "Sembra che il danno principale abbia origine dal volarizzatore..."

Oliver scosse la testa, incredulo. Tici aveva ragione, non poteva essere. Proprio la parte centrale dello zeppelin doveva esplodere? Il volarizzatore, progettato nientemeno che dai Gufenstein e per questo considerato particolarmente affidabile?

Nonostante ciò, doveva fidarsi dell'analisi di Tici. "Okay, Tici" ordinò Oliver. "Disattiva il compensatore Strato e sigilla il serbatoio di idrogeno, altrimenti questa carretta ci brucia sotto il sedere".

Tici sfrecciò sopra la testa di Oliver verso la centralina e inserì le modifiche. Dopo neanche tre secondi la caduta rallentò.

"Serbatoi di idrogeno chiusi" comunicò Tici.

"Ottimo lavoro, Tici, ora passa alla modalità elio".

"Camera a elio completamente aperta" annunciò l'unità IA. Uno scossone attraversò subito lo Sky Explorer. La caduta si era arrestata, lo zeppelin si fermò a mezz'aria. Oliver guardò l'altimetro. 512 metri da terra. Nel campo sportivo li percorreva in cinque minuti. Ma in caduta libera...

Oliver non riuscì a portare a termine il calcolo. Un

battito di mani interruppe i suoi pensieri. Si voltò timidamente sul sedile. McFinnegan, i capelli tutti arruffati, era appoggiato alla parete dietro al tavolo da carteggio e applaudiva. Belle e Oni si abbracciavano e Anubi si arrampicava tutto euforico sulle spalle dell'una e dell'altra. Ma fu la reazione di Connor a rallegrare di più Oliver. Il compagno di stanza lo abbracciò e lo strinse forte.

"Che roba, amico, ci hai salvato la vita" disse. "Non ci sarebbe riuscito nessuno, a parte te. Magari fossero stati qui i quattro idioti!"

Oliver tirò un respiro profondo. "Già, però non c'erano".

Oni rise. "Meno male", esclamò. "La puzza che sarebbe arrivata dai loro pantaloni non avrebbe reso la situazione granché piacevole..."

Finalmente anche Oliver riuscì a ridere. Sì! Doveva complimentarsi con se stesso. Era stato maledettamente bravo!

Poi l'equipaggio dello Sky Explorer si concesse una piccola pausa per riprendere fiato, prima di cominciare a riordinare. Oni e Connor rimisero a posto i materassi, Belle raccolse tutti i libri, le mappe e gli strumenti che l'esplosione aveva scaraventato in giro.

Harold Godric McFinnegan rifletteva sul da farsi.

Oliver lo guardava da sopra una spalla. Lo zeppelin era fermo a mezz'aria, ma non è che potessero rimanere lì all'infinito.

"Con il volarizzatore danneggiato non riusciremo a tornare al castello di Deep Fog" disse l'insegnante, confermando l'impressione di Oliver. "Potremmo farci trainare. Ma qui vicino si trova il primo laboratorio dei fratelli Gufenstein. L'ACE ha da poco restaurato il Voletarium. Il professor Nikolajew potrà assisterci con le riparazioni".

Oliver annuì con forza. I fratelli Gufenstein erano i suoi più grandi eroi, aveva letto praticamente ogni cosa su di loro. Kaspar ed Eckbert avevano dedicato tutta la vita al sogno del volo. E probabilmente erano

stati proprio loro a condurre il primo volo motorizzato, settantacinque anni prima dei fratelli Wright. Il dottor professore Andrej Nikolajew stava facendo di tutto per dimostrare questa teoria. Eppure non ci era ancora definitivamente riuscito. E ora sarebbero andati proprio da lui! Nell'antico laboratorio dei Gufenstein! Il cuore di Oliver gli balzò nel petto. Che fortuna che Connor l'avesse tirato fuori dall'armadio. Non sembrava che la giornata sarebbe andata poi coooosì male.

Alla fine, McFinnegan e Tici riuscirono a rimettere in moto lo Sky Explorer. Ma, in confronto

alle sue normali prestazioni, ora lo zeppelin era un lumacone. Fluttuava nel cielo come una mongolfiera, manovrarlo era molto difficoltoso. Per fortuna, il Voletarium in effetti non era lontano. Due ore dopo l'esplosione, riuscirono a effettuare un atterraggio di emergenza davanti a quello che un tempo era il laboratorio dei Gufenstein. L'imponente edificio a tre piani si ergeva in mezzo a vecchi alberi e lussureggianti prati selvatici. Con i suoi porticati, le colonne e l'enorme finestra circolare su cui campeggiava una V, ricordava più una chiesa che un luogo dove si lavorava. Anche il gigantesco gufo di pietra sulla facciata indicava che quello era un centro del pensiero e della ricerca. Davanti all'ingresso gorgogliava una fontana. Quello però era l'unico rumore in lungo e in largo. Contrariamente alle aspettative, il professor Nikolajew non si precipitò subito nel cortile. Non comparve nessuno.

"Qui c'è qualcosa che non va" mormorò McFinnegan tra sé e sé. "Andrej avrebbe dovuto intercettarci con il suo radar già da tempo".

E poi Oliver vide che c'era veramente qualcosa che non andava: la porta dell'edificio pendeva a pezzi dai cardini. Qualcuno era entrato nel Voletarium...

Ricerche top secret

In massima allerta, i quattro guardiani dell'ACE corsero, a testa bassa, oltre il cortile del Voletarium verso l'entrata principale. Avevano attivato gli oggetti magici che lo spirito di Bartholomeus van Robbemond aveva assegnato loro nel Tempio della Tigre di Fuoco. Ciascuno funzionava solo su di loro e solo quando erano insieme. Così, l'unità dei guardiani sarebbe stata preservata per sempre.

Oliver teneva davanti a sé la bussola decorata, dotata di sei aghi, che un tempo era appartenuta al fondatore dell'ACE in persona. Indicava se nelle vicinanze c'erano oggetti collegati a grandi misteri. Belle aveva sguainato la spada della principessa Li, che nella sua mano pareva dotata di vita propria. La teneva in alto, sopra la testa, pronta a colpire in un istante. Al collo di Oni c'era la cinghia della borsa di pelle di Sambal Mbeke, piena di erbe medicinali di ogni genere e in grado di riempirsi da sola. Qualunque cosa fosse capitata ad Andrej Nikolajew, Oni avrebbe potuto guarirlo.

Connor si diresse prima di tutti verso la porta spezzata. Aveva ai piedi gli stivali portati dal pirata Louie Undici-Dita più di trecento anni prima di lui. Con quelli indosso, anche se Connor calpestava dei rametti secchi, non produceva il minimo rumore.

Connor non andò direttamente alla porta, ma raggiunse prima il porticato. Continuò a muoversi di soppiatto alla sua ombra. Era ancora tutto tranquillo. Tuttavia, Connor fece cenno agli altri tre di mettersi al riparo. Oliver, Oni e Belle si inginocchiarono dietro la fontana. Oliver si voltò. McFinnegan era rimasto sullo Sky Explorer a cercare disperatamente di mettersi in contatto con il castello di Deep Fog. Ma anche il sistema di telecomunicazioni dello zeppelin sembrava essere stato distrutto dalla misteriosa esplosione. Anubi era incollato al vetro di un finestrino, immobile, soltanto i suoi occhioni tondi si muovevano; Tici ronzava intorno a entrambi.

Quando Connor scomparve dietro la porta, Oliver si morse il labbro. Le lancette sulla bussola rimasero ferme. Nelle immediate vicinanze non c'era nessun mistero; probabilmente a effettuare lo scasso erano stati dei normalissimi ladri. Ma erano ancora lì?

“Perché quell’imbecille crede sempre di dover fare tutto da solo?!” imprecò Belle due minuti dopo e saltò in piedi. “Io in ogni caso non ho intenzione di starmene qui fuori ad aspettare che lo massacrino. Chi viene con me?”

La spada le tirava il braccio come un cane impaziente al guinzaglio.

Appena Oni annuì, lo fece anche Oliver.

Stando vicini, entrarono nel salone di ingresso del Voletarium. Oliver trattenne il respiro. Anche qui dentro sembrava che fosse esploso qualcosa, come minimo una bomba. I mobili erano rovesciati, i libri ammucchiati per terra, migliaia di fogli scritti a mano coprivano il pavimento. Solo la statua di bronzo dei suoi due idoli era ancora là dov’era sempre stata. Il calvo Eckbert guardava i visitatori con uno sguardo di lieve disapprovazione. Suo fratello Kaspar aveva occhi già più amichevoli, così come il gufo domestico appollaiato sul suo braccio. Oliver conosceva anche quell’animale, si chiamava Klara.

A Oliver sarebbe piaciuto leggere con calma l’iscrizione sulla targa affissa al piedistallo della statua, ma non erano certo lì per studiare. Da qualche parte, gli intrusi potevano essere in agguato.

Belle si guardò intorno girando su se stessa, ma o se ne erano andati da tempo... o si trovavano in un’altra

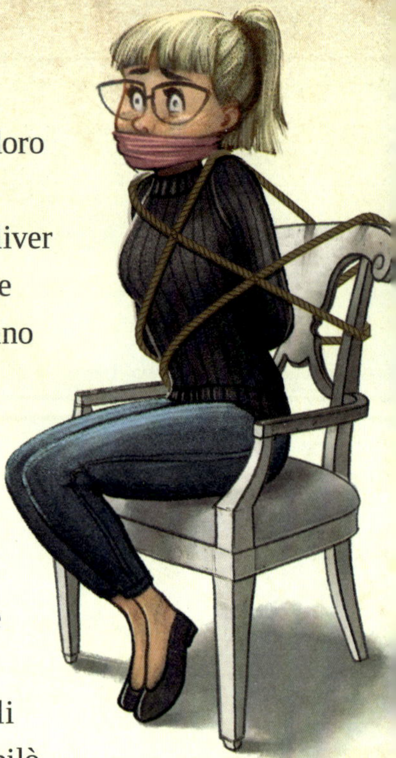

stanza, e Connor era nelle loro mani.

A un tratto, sulla bussola di Oliver accadde qualcosa. Due lancette guizzarono. Le punte indicavano una porta che conduceva fuori dall'atrio principale.

"Là dentro c'è qualcosa" sussurrò Oliver.

"Allora dovremmo andare a controllare" disse Connor alle sue spalle.

Oliver trasalì. "Amico, quegli stivali mi faranno morire" sibilò. "Dov'eri andato?"

"In altre tre sale" rispose Connor. "Sono tutte ridotte come questa, ma non c'è alcuna traccia del professore".

"Tutto questo non mi piace per niente" mormorò Oni.

Oliver fece un passo verso la porta. La lancetta della bussola vibrò leggermente.

"Neanche a me" replicò. Dentro di lui si scontravano paura e curiosità. Alla fine, anche perché Connor un po' lo spingeva, prevalse il coraggio. Oliver spalancò la porta di scatto. Si ritrasse subito. Il campo visivo gli si restrinse, l'intera stanza si offuscò davanti ai suoi occhi.

Su una poltrona accanto alla finestra sedeva una persona legata, che non si muoveva. Era...

"*Merde!*" esclamò Belle e si precipitò nella stanza oltre i ragazzi. Come per incanto, la spada guizzò nell'aria. Pezzi di corda caddero sul pavimento intorno alla sedia. Con un preciso colpo di lama, Belle tagliò anche il bavaglio che chiudeva la bocca di quella persona. Ansimò forte per riprendere fiato. Solo ora Oliver si rese conto che lì seduta c'era una donna bionda sulla trentina. Oni si inginocchiò vicino alla donna spossata e le diede qualche goccia di un preparato alle erbe della sua borsa di pelle.

Oliver fu felice quando Connor lo mandò a chiamare McFinnegan.

Quando tornò con lo scozzese e Anubi, la donna era seduta sul profondo divano di pelle nel salone d'ingresso e si era in parte ripresa. Connor era appoggiato a una poltrona davanti a lei, le ragazze le sedevano accanto, Oni le accarezzava la mano in modo rassicurante.

"Mi chiamo Jessica Dostojewski" esordì con voce tremante. "L'assistente di Andrej, voglio dire, del professor Nikolajew". Poi scoppiò in lacrime.

"Erano in due" raccontò. "Sono arrivati ieri sera, il professore mi aveva appena mandato a casa. Hanno subito legato me a una sedia, ma hanno maltrattato a lungo il povero Andrej. Erano venuti a sapere dei risultati delle sue ricerche più recenti e continuavano a gridare: *Portaci là!*" Jessica si soffiò il naso rumorosamente.

"Dato che il professore non parlava, hanno cominciato a spaccare tutto" proseguì. "Ma solo quando quello basso con la cicatrice ha minacciato di farmi il solletico con i pugni, per usare la sua espressione, Andrej ha ceduto. Con la sua solita cortesia, ha invitato i furfanti nel suo studio e poi per proteggermi ha chiuso quella porta, la stessa che avete aperto voi".

Jessica Dostojewski guardò i suoi cinque salvatori. "Non so di che cosa abbiano discusso. Ma dopo circa due ore, ho sentito del rumore provenire dal laboratorio. Rumore di seghe e martelli, per tutta la notte. E oggi, alle prime luci dell'alba, sono scomparsi tutti e tre esultando forte".

Jessica si portò le mani al viso e singhiozzò. "Spero solo che non abbiano fatto nulla ad Andrej...!"

Oni rovistò nella sua borsa e poi massaggiò il collo dell'assistente con un unguento dall'odore pungente. Jessica si rilassò abbastanza per continuare a parlare.

"Che cosa riguardavano le ricerche del professor Nikolajew?" domandò Connor.

Jessica alzò le spalle. "Su questo non diceva neanche una parola" rispose. "E mi chiedo come abbiano fatto quei ladri a venirne a conoscenza. Ma deve trattarsi di un affare di enorme importanza. Andrej si rinchiudeva nell'archivio per settimane, poi di notte trafficava come sempre alla replica del Volatus II. Lo vedevo a malapena e se capitava, aveva il volto sempre contratto ed era sovraccarico di lavoro. Però, tre giorni fa, improvvisamente l'ho visto di ottimo umore. Saltellava per il Voletarium come uno scolaretto esuberante. Fischiettava perfino vecchie canzoni ucraine; credo che finalmente fosse arrivato a una svolta nelle sue ricerche. Comunque, mi ha chiesto di spedire una lettera in Inghilterra a Madame Noir. Consegna espressa. Ho immaginato che in realtà volesse fare una prova di volo con il Volatus ultimato".

"A Catherine non è arrivata nessuna lettera" disse McFinnegan, inserendosi nella conversazione. "Nel frattempo sono riuscito a mettermi in contatto con lei e a riferirle dell'esplosione e dei ladri. Sono settimane che non riceve notizie da Nikolajew. Però mi ha raccontato un'altra cosa: a bordo di tutti gli zeppelin dell'ACE c'è stata un'esplosione contemporaneamente alla nostra. Per fortuna erano parcheggiati".

"Mi faccia indovinare, signor McFinnegan" si lasciò sfuggire Oliver. "In tutti si è rotto il volarizzatore?"

Harold McFinnegan annuì, stringendo gli occhi. "Può

essere solo opera del professor Nikolajew".

Jessica balzò subito in piedi.

"Come osa!" gridò indignata. "Andrej non lo farebbe mai!"

McFinnegan scosse la testa. "Di certo non per sua volontà" tranquillizzò l'assistente. "È stato costretto".

Connor si alzò e fece due volte il giro del divano. Poi si fermò di colpo.

"Jessica, potrebbe descriverci i rapitori?" domandò.

L'assistente annuì. "Quello alto l'ho visto solo da lontano" precisò. "Ma quello basso... no, la sua faccia non me la scorderò per tutta la vita. Aveva una lunga cicatrice, dall'orecchio fino al mento. E poi strizzava in continuazione l'occhio destro. E aveva mani enormi, troppo grandi per essere un uomo così piccolo".

Connor semplicemente annuì. Poi disse quello che già tutti pensavano. "Tyron, il Tiranno" sentenziò. "E lo spilungone sarà stato Alex Malus. I rapitori erano nientemeno che la Bone".

Oliver respirò profondamente. Si sentiva come se avesse ingoiato un enorme grumo di impasto per la pizza che ora gli si era piantato nello stomaco. "Si sa che la Bone non va in giro a rubare tricicli" disse infine. "Quando entrano in scena, è sempre per qualcosa di grosso".

Guardò negli occhi uno dopo l'altro Oni, Connor e Belle. "Dobbiamo scoprire a che cosa lavorava il professore. È quella la chiave".

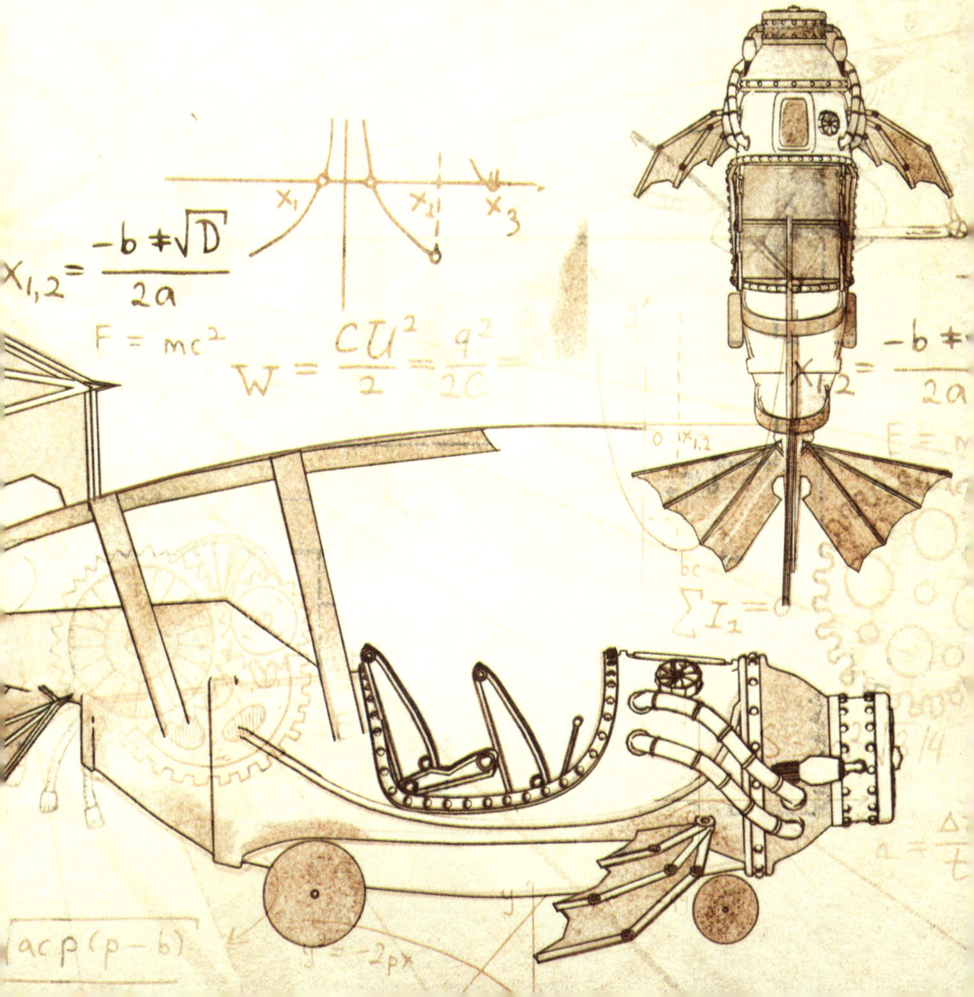

Il Volatus II

Seguendo le indicazioni di Jessica, Oni, Belle e Connor cercarono di fare ordine tra le carte del professore sparpagliate ovunque. Avevano provato più volte a insistere perché l'assistente tornasse a casa a dormire; ma Jessica si era rifiutata categoricamente. Tanto era troppo preoccupata per Andrej per riuscire a chiudere occhio, aveva risposto. E, in effetti, qui Jessica era di grande aiuto.

Nel frattempo, Harold McFinnegan e Oliver fecero un giro di perlustrazione in tutte le stanze del Voletarium. Erano tantissime: l'ufficio privato del professore, un archivio con lunghe file di scaffali pieni di casse di legno, una biblioteca con migliaia di libri, una sala da lettura, un laboratorio e altre stanze per il personale scientifico. La più entusiasmante per Oliver fu il laboratorio pieno di macchine per il volo ancora da ultimare. A quanto pareva, il dottor professore Andrej

Nikolajew le aveva realizzate personalmente seguendo con minuzia i progetti originali dei Gufenstein.

“Qual è la tua prima impressione, Oliver?” gli chiese McFinnegan. Oliver non era mai sicuro se facesse quelle domande per affinare l’intuito dei suoi studenti, o perché lui stesso era in difficoltà. Per quanto Oliver trafiggesse l’insegnante con lo sguardo, McFinnegan non tradiva mai le sue emozioni.

Oliver non ebbe bisogno di riflettere a lungo: in effetti aveva notato qualcosa. “Quelli della Bone hanno creato più confusione del necessario” rispose. “Per intimidire Nikolajew era bastato minacciare Jessica, come ben sappiamo. Questo caos ha lo scopo di distrarre noi, o chiunque sia arrivato qui per primo”.

McFinnegan annuì. “Molto bene, Oliver” lo lodò. “E da che cosa?”

Oliver si guardò intorno. Nel laboratorio c’erano paracadute simili a sacchi, proprio come quelli che aveva disegnato Leonardo Da Vinci, razzi alimentati a palline di legno, e ali di biplani fatte di cartone.

“Manca la cosa più importante” dichiarò infine. “Tutti nell’ACE sanno che il professor Nikolajew era quasi ossessionato dal capolavoro dei Gufenstein, il Volatus II. Ma di quello non ho visto nulla, nemmeno un modellino”.

McFinnegan sorrise soddisfatto. “Proprio così, giovane Oliver” borbottò. “E io sono sicuro che non troveremo nulla nemmeno tra le carte dell’archivio, men che meno i progetti del volarizzatore. Quelli della Bone sono decollati con Nikolajew e volevano l’assoluta certezza che nessuno potesse seguirli”.

Assorto nei suoi pensieri, Oliver si incamminò accanto all’insegnante di nuovo verso il salone d’ingresso del Voletarium. Diversi interrogativi gli vorticavano in testa. Primo: come far tornare a volare lo Sky Explorer? Secondo: che cosa aveva scoperto il professor Nikolajew durante le sue ricerche? Terzo, quarto e quinto: quelli della Bone dove volevano essere portati dal professore? Per quale motivo? E perché avevano bisogno del Volatus II? La Bone aveva senz’altro a disposizione velivoli più moderni.

Oliver non sapeva dare risposte. Non ancora. Ma era sicuro che fosse tutto collegato.

Quando giunsero nel salone, sul pavimento non c’era più neanche una briciola. Oni, Belle, Jessica e Connor, in piedi davanti a un enorme tavolo, riordinavano i fogli che avevano raccolto.

“Alcuni hanno la calligrafia di Andrej” affermò Jessica. “Ma per la maggior parte sono appunti originali dei fratelli Gufenstein. È davvero una vergogna trattare in questo modo documenti così preziosi!"

Oni annuì. "Ci sono rilevazioni meteorologiche, calcoli relativi al vento e osservazioni affascinanti sul volo degli uccelli".

Connor sbatté la sua risma sul piano del tavolo.

"Odio ammettere la mia ignoranza" disse. "Ma non è che qualcuno potrebbe spiegarmi chi sono questi fratelli?"

Oliver si prese volentieri l'onere. Poter condividere le sue conoscenze lo faceva sentire meglio di qualunque altra cosa. Andò vicino a due grandi ritratti incorniciati appesi sopra la porta del salone.

"Kaspar ed Eckbert Gufenstein nacquero alla fine del diciottesimo secolo. Pur avendo interessi molto differenti, per costruire aeroplani si completavano alla perfezione" cominciò Oliver. "Kaspar, quello con la testa piena di capelli, da bambino era già appassionato di tutto ciò che volava. Non appena prendeva in mano una matita, disegnava uccelli, coleotteri, bombi e soprattutto gufi. Di tutti questi animali era colpito in particolare dalle ali. Crescendo, le sue ricerche si fecero sempre più dettagliate".

Oliver si spostò di qualche passo finché arrivò sotto il quadro di Eckbert.

"Suo fratello Eckbert, invece, era un orologiaio; con

dita ferme e la pazienza di un santo, era in grado di assemblare anche i meccanismi più complicati. Inoltre, era affascinato dalla tecnologia, in tutti i campi".

Connor aveva qualche difficoltà a nascondere che non aveva la pazienza di nessun santo, in nessun campo. "Va bene, questo l'ho capito" disse, interrompendo il discorso di Oliver. "Ma come hanno fatto a diventare leggende, al punto da essere accolti nell'ACE?"

Oliver tornò al tavolo. "A differenza di altri scienziati, non si limitavano a osservare, bensì mettevano in pratica le loro conoscenze. Per esempio, provarono a costruire le ali degli animali. Presero come modello le ali migliori che Kaspar avesse studiato. Eckbert progettò e armeggiò a lungo. Il risultato, dopo molti anni, fu il leggendario Volatus II".

Jessica annuì. "Che però non era un aliante, ma un aereo a motore" aggiunse. "Tuttavia, Andrej si è scervellato per anni per capire il modo esatto in cui il Volatus era alimentato".

Oliver si schiarì la voce finché Jessica non si acquietò. Non amava essere interrotto quando spiegava.

"È altamente probabile che riuscirono a eseguire il primo volo con equipaggio a bordo del Volatus già nel 1825, dunque 75 anni prima dei fratelli Wright" disse, riprendendo il filo. "Il problema è che non esistono prove. La mattina del 12 ottobre 1825, i fratelli partirono per un volo sul canale della Manica da cui non fecero ritorno. Purtroppo, non avevano inventato nemmeno il cellulare con la videocamera, altrimenti ci basterebbe guardare il video su internet".

Oni sorrise. Gli altri erano troppo concentrati per ridere della battuta. “Ho notato una cosa” disse Oni rompendo il silenzio. “Non so se abbia un significato, ma su alcuni dei loro appunti, a margine, ho notato una V maiuscola con un cerchio intorno. Qui, per esempio”. Pescò da una pila e mostrò agli altri un foglio tutto scritto a mano. Erano annotazioni meteorologiche, e in effetti nel margine era stata tracciata con l’inchiostro una V con un cerchio intorno. “V come Volatus” osservò Belle. Connor rise. “O come Veramente segreto, Vattene, Vecchietto o Vaniglia” la stuzzicò. “Non significa niente. A meno che quel giorno i fratelli non volessero mangiare dei Vurstel e non sapessero come si scriveva”. Belle gli fece una linguaccia. Ma Oliver annuì in silenzio. Naturalmente Connor aveva ragione. Una V poteva voler dire qualsiasi cosa. Eppure, oggi aveva visto quella V con il cerchio intorno da qualche altra parte. C’erano troppe cose che gli frullavano nel cervello per dare una forma sensata ai pensieri... “Ci servono più informazioni per valutare” disse infine. “Mettete insieme tutti i fogli contrassegnati con la V”.

Dieci minuti dopo, una dozzina di fogli ingialliti erano appoggiati uno accanto all’altro sul tavolo. Avevano tutti la V a margine e riguardavano il meteo, o meglio, riportavano i calcoli sulle condizioni meteorologiche del 12 ottobre 1825, il giorno del presunto primo volo dei fratelli Gufenstein.

“È un indizio, ma non ci porta da nessuna parte” mormorò Oliver tra sé. “La V indica il luogo in cui si trovano le informazioni importanti, ne sono sicuro. Ma dove...”

A un tratto, Oliver si colpì la fronte con il palmo della mano. “Che tonto!” gemette. “Ma io ho già trovato la soluzione! C’è una V enorme sulla facciata del Voletarium, e la finestra rotonda vi forma un cerchio intorno. E… Jessica, lei ha confermato tutto!”

L’assistente guardò perplessa Oliver.

“Io?”

Oliver annuì. Gli altri lo fissavano, non meno infastiditi.

“Gli aghi della bussola puntavano verso la porta della stanza in cui abbiamo trovato Jessica” ricordò ai suoi amici. “Ma non indicavano il luogo dove qualcuno era prigioniero, bensì un oggetto collegato a grandi misteri. Quando abbiamo trovato l’assistente imbavagliata, me ne sono del tutto scordato”.

Oliver continuò a parlare con fervore. “E poi l’ha detto anche lei, Jessica: il professore è andato con i furfanti nel suo studio e ha chiuso a chiave la porta dell’ufficio dov’era legata. Non è che volesse proteggerla... ecco, ehm, non solo... voleva impedire che la Bone scoprisse il suo grande segreto: la V con il cerchio intorno!".

"Amico, non tenerci sulle spine" lo esortò Belle.

Oliver radunò con un gesto rapido tutti i fogli. "Seguitemi!"

Si infilò la risma sotto il braccio. Con l'altra mano teneva la bussola davanti a sé. Più si avvicinavano all'ufficio dell'assistente, più gli aghi oscillavano.

Oliver si fermò davanti alla scrivania. Ora gli aghi ruotavano vorticosamente.

"Il dottor professore Andrej Nikolajew era ben consapevole della portata della sua scoperta" ipotizzò Oliver. "Per questo non ne ha parlato con Catherine Noir neanche al telefono o al cellulare: aveva paura che lo ascoltassero. Ma non sospettava che la Bone avrebbe intercettato addirittura la posta".

"E quindi?" fece Belle.

"Ora arriva al punto, Oliver" disse Connor con un sorrisetto. "Belle sta per agitarsi".

"Belle sta per tirarti un bel calcio nel sedere, idiota!" lo punzecchiò Belle di rimando.

Oliver espirò rumorosamente, e poi finalmente sganciò la bomba: "Nel Voletarium c'è una stanza segreta".

"E dove sarebbe l'entrata?" domandò Oni. "Abbiamo perlustrato l'intero edificio".

Oliver ammiccò a Connor. “Beh... Nell’armadio, naturalmente, e dove altrimenti?”

Aprì entrambe le ante dell’imponente armadio di quercia che stava contro la parete. Dentro, sul ripiano superiore, c’era una manopola con sopra una V.

“Verso il basso?” disse Oliver, scuotendo la testa. “No, noi vogliamo andare verso l’alto”.

Girò la manopola in modo che la V diventasse una freccia rivolta verso l’alto. Immediatamente l’interno dell’armadio, scomparti compresi, scivolò da parte. Comparve un enorme vano, fissato a un argano da corde spesse: la versione dei Gufenstein di un ascensore.

“Allora?” chiese Oliver sorridendo. “Chi va per primo?"

Destinazione: sconosciuta

Oliver amava risolvere misteri. Si sentiva al massimo quando il suo cervello lavorava in totale autonomia. Ma questo dono aveva anche degli svantaggi. Dato che era stato lui a individuare l'ingresso segreto, tutti gli diedero la precedenza a entrare nel vano di quell'ascensore, ovunque portasse. Con una discreta stretta allo stomaco, Oliver osservò la rete di legno scricchiolante. Quell'affare aveva più di 200 anni, chi poteva sapere se i montanti si sarebbero rotti proprio oggi? O se il meccanismo sarebbe "morto"? D'altra parte, però, l'avevano costruito i Gufenstein.

"Vengo con te" disse Oni e lo prese a braccetto. Non era riuscita a reggere l'espressione afflitta di Oliver. Il ragazzo le sorrise con gratitudine. La vivacità di Anubi, in particolare, lo distrasse un po' dal pericolo in cui si trovavano. Il suricato perlustrò il vano con gli occhi spalancati. Intanto le piccole dita continuavano ad

artigliare le gambe dei pantaloni di Oliver.

"Smettila, mi fai il solletico" ridacchiò Oliver. E quasi non si accorse che Oni azionava la manovella dell'ascensore.

A poco a poco, la cabina si mosse verso l'alto. Si fece strada sferragliando su per un condotto buio.

Quando, poco dopo, si fermò, Oni e Oliver si ritrovarono al centro di un'immensa stanza luminosa. Oliver fece un profondo sospiro. La sua paura era stata del tutto ingiustificata. Non erano finiti in un nascondiglio ammuffito, bensì in un laboratorio sotto il tetto, inondato di luce. Era stato costruito in modo così intelligente che non l'avevano scoperto nemmeno gli ingegneri dell'ACE, restaurando l'edificio. La luce era convogliata nella stanza senza finestre attraverso un sistema di cunicoli con specchi. A Oliver ricordava un po' la struttura di tubi in camera sua...

Qui era evidente che tutto fosse rimasto esattamente come i fratelli Gufenstein l'avevano lasciato nel 1825. Alle pareti erano appesi cartelloni raffiguranti studi di uccelli in volo. I calcoli del vento occupavano un'intera sequenza di fogli. Libellule giganti imbalsamate erano infilzate sotto cupole di vetro, mentre pipistrelli impagliati spiegavano le ali di pelle con le fauci spalancate, come se fossero a caccia di zanzare.

Tutt'intorno erano appesi inoltre modelli delle più varie macchine volanti. Tra queste, il Volatus I, il Libello del 1823 e un velivolo simile a una cicogna, per otto persone, che portava il nome Atebar scritto a vernice. Solo una tazza per il caffè e qualche giornale contemporaneo indicavano che qualcun altro, dalla scomparsa dei fratelli, era entrato in quella stanza. Il professor Nikolajew, come ormai sapevano.

Oliver osservò tutto con profondo rispetto. Si immaginò di volare nel cielo in una di quelle macchine. Stranamente, quei pensieri non gli mettevano la minima paura, solo un piacevole formicolio allo stomaco. Già, la tecnologia non nasconde sorprese: o funziona oppure no. Tuttavia, il nome del velivolo per otto persone un po' l'aveva stupito. La cicogna delle fiabe popolari non si era sempre chiamata Adebar?

Solo quando Belle esclamò "Wow!" dietro di lui, Oliver ritornò nel presente.

"Se Belle Pompadour è impressionata, allora lo sono anch'io" commentò Connor, sogghignando a Belle.

Lei alzò gli occhi al cielo, ma non poté evitare di

sorridere. “Torniamo indietro nel 1825” continuò Connor, mentre anche il signor McFinnegan usciva dal vano. “In tutto il circondario è ben noto che i Gufenstein lavorino a macchine volanti. Ma allora perché creare una stanza segreta? Che altro hanno scoperto? Nikolajew l’ha capito?”

Jessica camminava in tondo, scuotendo la testa. “Uno passa anni interi seduto in una stanza senza la minima idea che...” non terminò il pensiero. Stava iniziando a comprendere qualcos’altro. “Ecco perché Andrej mi mandava a casa con tanta veemenza in queste ultime sere. Voleva continuare a indagare sul contenuto di questa stanza. Per questo doveva liberarsi di me. E io che temevo che non mi sopportasse più...”

Harold McFinnegan si sedette al grande tavolo da disegno dei Gufenstein e spinse la tazza del caffè di lato.

“Vediamo di capire che cos’ha scoperto Andrej” disse. “Poi lo comunicheremo a Catherine e i membri dell’ACE potranno mettersi sulle tracce del professore. Tutta questa segretezza dimostra chiaramente una cosa: è una faccenda troppo pericolosa per voi”.

Appena Connor e Belle accennarono a protestare, McFinnegan alzò una mano in segno di rifiuto.

“Niente obiezioni! Anche se siete stati nominati guardiani dell’ACE, siete pur sempre ancora in fase di formazione, signori miei" spiegò. "Siete molto importanti per il Club, lo state dimostrando ancora una volta. Ma dovete pur sempre tornare vivi dalle missioni, e questa è una mia responsabilità".

Brontolando, Belle e Connor si rassegnarono al loro destino. Anche Oni sembrava delusa. Oliver non sapeva che cosa pensare. Evitare il pericolo non era sbagliato, ma doversi fermare a metà di una cosa del genere dava fastidio anche a lui.

"Guardate!" gridò Oni a un tratto. Era in piedi vicino al tavolo da disegno, accanto a McFinnegan, e tirò a sé un blocco per scrivere. Sopra c'era una biro con la stampa di una pubblicità: chiaramente non era dei Gufenstein. Oni la fece rotolare sul tavolo e tenne il blocco inclinato rispetto alla luce.

"Il professore ha usato questo blocco per scrivere" spiegò. "Le lettere sono rimaste impresse, lasciando dei segni sul foglio sottostante. Qualcuno ha una matita?"

Poiché nessuno rispose, Oni corse al camino nell'angolo e prese un pezzo di legno carbonizzato.

Tornata al tavolo, lo sfregò con attenzione sopra al primo foglio del blocco. Tutto si colorò di nero tranne le linee delle lettere impresse nella carta: il carbone vi scorreva sopra. Di conseguenza, rimanevano bianche. A poco a poco, come per mano di un fantasma, comparve il testo che Nikolajew aveva scritto a Noir.

Con voce tremante, Oni iniziò a leggere:

Cara Catherine,

fra tre giorni finalmente ci siamo: per 24 ore ci saranno le stesse, complicate condizioni meteorologiche del 12 ottobre 1825, il giorno del primo volo dei fratelli Gufenstein. Partirò quindi con il mio Volatus II e farò rotta oltre la Manica, proprio come Kaspar ed Eckbert in passato. Dopo anni di ricerche, riuscirò finalmente a dimostrare la teoria del primo volo. Spero di rinvenire il velivolo originale nella destinazione dei Gufenstein e di poterlo mettere al sicuro per l'ACE... e per tutto il mondo! Tra tre giorni decollerò e, a differenza dei due fratelli, tornerò. Questo te lo prometto solennemente.

Il tuo Andrej

Commossa, Oni posò il foglio sul tavolo. Belle si attorcigliava una ciocca di capelli attorno a un dito, Oliver si puliva gli occhiali, Connor marciava irrequieto per la stanza.

Avevano tutti la sensazione che il ritorno del professore fosse più che improbabile. Quelli della Bone non erano ladruncoli qualunque, come Oliver aveva giustamente fatto notare nella loro precedente avventura. La Bone era una potente società segreta finalizzata niente di meno che a conquistare il dominio del mondo. L'acronimo stava per ***B****est* ***O****f* ***N****ew* ***E****xplorers*, dato che i suoi membri si ritenevano i migliori esploratori in assoluto... migliori anche di quelli dell'ACE, naturalmente. E questo sollevava un interrogativo cruciale.

"Io non capisco..." disse Connor, interrompendo i loro pensieri. "Perché alla Bone interessano tanto i fratelli Gufenstein? Vogliono forse impossessarsi del Volatus originale? Ma a quale scopo"

Belle strinse le palpebre, riflettendo. "No, deve esserci sotto qualcosa" confermò. "La Bone sa qualcosa su dove si trovino i Gufenstein che noi non sappiamo!"

Oni annuì. "Beh, è inutile, se vogliamo scoprirlo, dobbiamo andare a cercarli!"

McFinnegan si schiarì la voce. "Penso che abbiate ragione su tutto. E quindi, in casi come questo, è il momento che siano i professionisti a occuparsene" ricordò a tutti. "Nell'ACE ce ne sono a sufficienza..."

L'insegnante non riuscì a terminare.

"No, non possono occuparsene i professionisti" lo interruppe Oni con piglio sicuro. "Perché queste complicate condizioni meteorologiche dureranno solo 24 ore. Non ci sono più zeppelin funzionanti, la Bone non li ha sabotati per niente. Non volevano infastidirci, ma assicurarsi che nessuno li seguisse. Però non hanno fatto i conti con noi guardiani... e con Lei".

Belle annuì senza parlare. Connor, invece, colpì rabbiosamente con la mano aperta un modellino appeso al soffitto. La macchina volante sfrecciò verso Oliver, ma fu trattenuta dalla corda appena prima dell'impatto.

"Ma è comunque inutile" sbraitò Connor. "Il nostro zeppelin non può far altro che stare sospeso in aria. Anche alla Bone è servito un Volatus per raggiungere la destinazione. E noi non ne abbiamo uno, punto, fine, stop".

Oni sorrise. "Chi l'ha detto?" chiese con fare enigmatico. "Non avete ascoltato bene? In Africa i nonni raccontano ancora le storie attorno al fuoco, e i bambini le memorizzano per quando avranno anche loro dei nipoti. È così che ho imparato a ricordare ogni dettaglio di un racconto".

"Vai avanti!" incalzò Belle. "Cosa vuoi dire?"

Connor le cacciò un dito nelle costole. "Ascolta!" le sussurrò all'orecchio. "Lasciala parlare!"

Belle alzò implorante gli occhi al soffitto, ma non spinse via Connor.

"Allora, se posso permettermi" fece Oni, commentando l'interruzione. "La lettera dice chiaramente: *Partirò con il mio Volatus II.* Il *mio*, il che significa che devono essercene altri, qui nel Voletarium. Altrimenti avrebbe scritto semplicemente: con *il* Volatus II".

"D'accordo" disse Belle. "Ma questo fa sorgere un'altra domanda: perché allora il professore è decollato sulla sua replica?"

Oliver si massaggiò il mento. "La risposta è una sola" concluse. "Il professor Nikolajew ha letto nei registri che i Gufenstein avevano costruito un secondo Volatus. Ma prima che potesse trovarlo, è stato incastrato dalla Bone".

Jessica annuì, pensierosa. "Sì, potrebbe essere" disse cautamente. "Negli ultimi giorni, Andrej mormorava spesso frasi come: *Ma dove sei*... Una volta gli ho chiesto perfino se gli fosse scappato il cane. Ma lui mi ha guardato con aria interrogativa. Era davvero perplesso".

Connor spalancò gli occhi. "Avrebbe dovuto chiederlo a me" gridò, agitandosi. "A volte perdere le staffe ha i suoi lati positivi. Ogni modellino è legato a un gancio sul soffitto. Ma la corda del modellino del Volatus no. Parte da lì e arriva fino alla parete là in fondo, vedete?”

Connor puntò il dito verso la trave del soffitto. La corda del modellino del Volatus, appena visibile, attraversava tutto il soffitto passando dentro a una serie di occhielli.

“Dovrei sbagliarmi di grosso se non...”

Connor non parlò oltre. Afferrò il modellino e lo tirò con forza. Per due battiti di cuore non accadde nulla. Poi si udì uno scricchiolio all’altro capo della stanza. La polvere si sollevò vorticando. Con un forte gemito, tutta la parete scomparve nel pavimento. E ciò che scoprì lasciò Oliver senza fiato: la finestra circolare con la V che si vedeva dal cortile si stava alzando verso l’alto. Ora il passaggio all’esterno era libero. E, davanti a esso, stava un perfetto Volatus II! Non una replica; Nikolajew ne aveva rinvenuto il progetto, ma non era riuscito a trovare l’originale in tempo. Eccolo qui, rimasto intatto fin dalla partenza dei Gufenstein. Bastava salirvi sopra e si poteva decollare attraverso il passaggio nel muro.

In volo verso l'ignoto

Oliver era tranquillo. Mille metri sotto i suoi piedi ribolliva la Manica. In volo, il vento gli strattonava i vestiti facendoli sventolare come bandiere sull'albero maestro di una nave pirata. La luce abbagliante del sole o nuvole nere come la pece gli toglievano a turno la vista. Eppure Oliver non sentiva neanche il minimo accenno di paura. Nel suo corpo non c'era più spazio. Era pieno fino all'orlo di contentezza, desiderio di avventura e voglia di esplorare. Si era appena avverato il suo sogno più grande: era seduto nel Volatus II, ma non era una replica che gli assomigliava, bensì l'originale, costruito dai Gufenstein con le loro proprie mani! A Oliver sembrava quasi di sentire l'odore della fatica mentale dei due geniali fratelli che fuoriusciva dalle singole parti meccaniche.

Inoltre, i suoi tre migliori amici erano accovacciati subito dietro di lui. Avevano dovuto stringersi un po' per entrare tutti nel Volatus, ma ci stavano. Oliver si era commosso perché non avevano lasciato che affrontasse da solo questo volo così pericoloso. Jessica era rimasta nel Voletarium, nel caso in cui il professore fosse riuscito a tornare. Avevano pensato a tutto. Sì, Oliver era tranquillo.

Per riuscire a leggere i dispositivi sopra la sua testa, però, Oliver doveva slogarsi il collo. Per fortuna, quella posizione per il quadro degli strumenti non si era affermata nella storia della tecnologia. Ma tutto funzionava senza problemi. L'altimetro segnava 1000 metri, proprio la quota calcolata dai Gufenstein, la rotta era giusta, il tachimetro indicava la velocità di 182,4 chilometri all'ora.

Oliver si appoggiò alla tempia la piastra di rame del pensierofono. Era stato proprio lui a perfezionare questa invenzione di Hedda von Habenichts trasformandola da un aggeggio pesante come il piombo a un dispositivo tascabile. Bastava pensare a una persona in particolare per sentirne la voce... ora, grazie a Oliver, in entrambi i sensi.

"Mi vede ancora?" fece Oliver, pensando intensamente a Harold McFinnegan.

"Certo, ti siamo alle calcagna, giovane Oliver!" rispose lo scozzese all'istante. "Se il tempo ci assiste, potremo condivideremo lo stesso destino”.

“Tu stai bene?” Oliver sentì Tici gridare preoccupato.

“Tutto a posto!” rispose Oliver con sincerità. “Mai stato meglio. Beh, a parte il giorno in cui i miei genitori mi hanno dimenticato nel museo del cioccolato”.

Gli arrivò la risata di McFinnegan. Anche Connor, Belle e Oni risero. Perfino Anubi fece un verso acuto.

“Qui è tutto regolare” proseguì lo scozzese. “Pilotare lo Sky Explorer senza volarizzatore è veramente difficoltoso: siamo lentissimi, è grottesco. Ma Tici, per la prima volta dalla sua programmazione, si sta rendendo davvero utile”.

“Harold!” Oliver sentì l’unità IA inveire ancora una volta, e poi fece cadere il contatto. Il banco di nubi che gli si stagliava davanti richiedeva tutta la sua attenzione. Era grigio scuro e imponente come un muro di cemento. Oliver infilò in tasca il pensierofono e strinse la barra di comando con entrambe le mani, tanto che le nocche gli divennero bianche. Era teso fino alla punta dei capelli. McFinnegan gli aveva a malincuore affidato il compito di pilotare il Volatus II. C’era bisogno di lui nello zeppelin e, dato che il tempo stringeva, erano giunti a questa ripartizione. Oliver si ripromise ancora una volta di non deludere il suo insegnante. Avevano solo questo tentativo per trovare Nikolajew e scoprire che cosa stesse architettando la Bone. Oliver avrebbe fatto di tutto per non mandare all'aria la missione. Inoltre, si sentiva responsabile della vita dei suoi amici. Avrebbe portato il Volatus nel luogo dove i fratelli erano atterrati quasi 200 anni prima! Per farlo, doveva semplicemente affidarsi alle correnti e ai venti che oggi, solo oggi, erano di nuovo identici a quelli del 12 ottobre 1825.

"Allacciate le cinture, amici!" gridò Oliver quando scoppiò la tempesta. "Kaspar, Eckbert, arriviamo!" E in effetti in quel momento gli balenò il pensiero che i due fratelli, in un qualche angolo del mondo, potessero essere ancora vivi.

Poi Oliver non poté più pensare: il suo cervello, tutto il suo corpo, entrarono in modalità di sopravvivenza. Il Volatus sfrecciò verso il muro di nubi alla massima velocità. I muscoli di Oliver si irrigidirono come se stesse davvero per schiantarsi contro un muro. Lanciò un'ultima occhiata alla rotta del velivolo, prima che le nuvole lo inghiottissero.

In un istante, il Volatus fu investito da una forte corrente ascensionale e venne risucchiato verso l'alto come dall'aspirapolvere di un gigante. Oliver cercò di tenere le mani sulla barra, ma la pressione dell'aria le tirava con forza. Allo stesso tempo, il vento gli soffiava nelle orecchie. Quando Oliver portò le mani al cappello

da aviatore per proteggersi, la tempesta afferrò il velivolo, sballottandolo da una parte all'altra come un giocattolo. Prima Oliver, Oni, Belle e Connor erano schiacciati nei sedili, poi erano tenuti solo dalla cintura di sicurezza. Prima erano scaraventati a sinistra, poi con violenza a destra. Dopo alcuni lunghi, strazianti minuti, Oliver riuscì finalmente a risollevare la testa. L'altimetro ora segnava 3000 metri: la quota era più che triplicata! La lancetta del tachimetro era arrivata alla fine del quadrante e si incurvava tremando come un arco teso. L'indicatore di rotta era del tutto impazzito. L'ago girava in cerchio, si bloccava e poi vorticava selvaggiamente in senso opposto.

"È ancora... è ancora lì?" balbettò Oliver. "Non so dove siamo". Premette il pensierofono con entrambe le mani contro la tempia.

Per molto tempo non ci fu risposta. Proprio quando Oliver stava per arrendersi, l'apparecchio gracchiò.

"Siamo... nuvole... quota di tremila... centododici... Tici non sa..."

Le parole erano confuse. Il pensierofono non funzionava quando i pensieri non erano chiari. E il messaggio non suonava rassicurante, ma almeno l'insegnante sembrava stare bene. Forse avrebbe trasmesso loro una catastrofe... oppure no?

Dopo che le intemperie ebbero concesso ai quattro avventurieri una breve pausa per riprendere fiato, ricominciarono a colpire ora ancora più spietate. Il Volatus fu spinto da un turbine ancora più in alto. Vorticò venti, trenta volte sul proprio asse, come la frusta di un frullatore. Oliver sentì che l'aria si faceva sempre più rarefatta. Fino a che altezza una persona era in grado di respirare? Non l'aveva già letto da qualche parte? Di colpo, si passò a un caldo rovente. Oliver si immedesimava già in Icaro, che si era avvicinato troppo al sole. Subito dopo, chicchi di grandine gli punsero il viso come aghi. Sulle guance gli si formò uno strato di ghiaccio che dovette raschiare via con le unghie. Poco dopo, Oliver ricominciò a sudare così tanto che si sarebbe volentieri strappato i vestiti di dosso.

La cosa più angosciante era non sapere quanto ancora quella tortura sarebbe durata. Non vedeva niente. Il mondo, l'universo intorno a lui consisteva solo di grigio. Già da un po' Oliver non era in grado di distinguere l'alto dal basso, il nord dal sud. E gli strumenti sul quadro, dopo i capricci iniziali, avevano smesso di funzionare già da diverso tempo; il serbatoio era vuoto.

Qualcuno da dietro gli premette le dita contratte sulla nuca. Oliver non poteva voltarsi per rassicurare chiunque fosse. Non poteva fare proprio niente, a parte lasciare tutti al proprio destino, come aveva concordato con McFinnegan. Probabilmente era successo lo stesso ai Gufenstein e magari, sperava, anche al professor Nikolajew.

Mentre Oliver sentiva la disperazione crescere, una canzone gli giunse alle orecchie. Prima delicata, poi sempre più intensa. La cantava Oni, forse era una canzone che le aveva insegnato la sua bis-bisnonna, la sciamana. Infatti, l'umore di Oliver subito cambiò. Anche se non comprendeva le parole in quella lingua africana, divenne più calmo, il panico scomparve. Oliver ebbe di nuovo fiducia nel disegno dell'universo. No, oggi nessuno di loro sarebbe morto, ora ne era certo. Una felicità profonda montò in lui, ogni angoscia si staccò da lui come le foglie d'autunno da un albero.

Il meteo si prese gioco del Volatus e dei suoi passeggeri ancora per qualche ora. Poi, a un tratto, Oliver notò un cambiamento. Mentre prima era stato sballottato in modo apparentemente casuale, ora andava in linea retta in una direzione: verso il basso.

Come su uno scivolo, l'aereo volava con una leggera angolazione verso la terra. Oliver trasalì. Era stato così preoccupato da quello che succedeva tra le nuvole che fino a quel momento non aveva minimamente pensato all'atterraggio. Che cosa c'era sotto di lui? Ancora la

Manica? Londra? Le montagne? Il deserto? Il mare?

Come un aeroplanino di carta che perde di slancio, il Volatus planò fuori dal banco di nubi. Oliver capì con terrore che cosa stava sotto di loro.

"Ghiaccio, ragazzi!" esclamò anche Belle. "Nient'altro che ghiaccio a perdita d'occhio!"

Oliver annuì in silenzio. La tempesta doveva averli spinti verso l'Artide. Sarebbero morti congelati nel giro di pochi minuti!

Ma allora accadde il secondo miracolo di un giorno che sembrava infinito, ancora più improbabile del salvataggio dalla gara di quella mattina: al centro dei lastroni di ghiaccio bianco-azzurro apparve un'enorme oasi, che, come una giungla, risplendeva di mille sfumature di verde.

"Non può essere" balbettò Oliver. "Nell'Artide c'è solo ghiaccio, non c'è terraferma".

Si strofinò gli occhi, confuso. Ma gli alberi sotto di

loro non scomparvero. In quell'istante, una folata di vento afferrò il Volatus, lo sospinse piano verso l'alto e così rallentò l'atterraggio. Con uno schianto, l'aeroplano colpì la chioma di un albero, i rami si spezzarono, accompagnandolo verso il basso di livello in livello. Belle, Connor, Oni e Oliver cacciarono urla selvagge. Una volta al suolo, Oliver scavalcò con gambe incerte lo sportello bloccato, verso la libertà. Aiutò Belle e Oni a uscire, Connor le seguì.

"Accidenti!" esclamò Oliver a Connor. "Meglio di qualsiasi montagna russa, amico!"

Qualcosa gli si agitò in tasca, e Oliver ebbe la sensazione che vi fosse rimasto intrappolato un gabbiano o un altro uccello. Ma quando estrasse la mano, teneva la bussola di van Robbemond. Tutte e sei le lancette ruotavano in tondo a velocità folle.

"Non c'è alcun dubbio" farfugliò Oliver. "Siamo maledettamente vicini a un colossale mistero".

Poi si accasciò in avanti sulla sabbia.

Il continente artico

Oliver si ridestò perché qualcuno lo scuoteva con forza. Aprì gli occhi a fatica. Si sentiva come se gli fosse passato sopra un rullo compressore, ogni osso in corpo gli doleva. Oliver percepì la sagoma indistinta di Connor. Lentamente, la vista divenne più nitida. Alle spalle del suo compagno di stanza vedeva ora i volti preoccupati di Oni e Belle. Quando Oliver sollevò la testa, Anubi gli squittì entusiasta nell'orecchio.

"Sveglia, amico!" esclamò Connor, tendendogli la mano. "Non siamo qui in vacanza".

Oliver prese la mano, si tirò a sedere e si scrollò. "Quindi non posso ordinare la colazione, signore?" chiese, ancora mezzo stordito.

Connor sogghignò. "Sua Maestà può ricevere un calcio nel didietro".

Oni spinse da parte Connor e si inginocchiò nell'erba accanto a Oliver.

“Maschi...” mormorò, e gli sentì il polso. “È il vostro modo di dirvi: ‘Stai bene? Mi sono preoccupato’”.

“È tutto okay” disse Oliver allontanando il braccio. “L’atterraggio è stato un po’ accidentato e il volo orribile, ma ora che siamo sopravvissuti a tutto, devo ammettere che è stato fantastico”.

Si guardò intorno. Il Volatus II pendeva dai rami più bassi di un albero. Legato alla cima della chioma c’era lo Sky Explorer; una scala di corda scendeva dalla porta fino a terra.

Sopra lo zeppelin, il sole era alto.

“Per quanto tempo sono rimasto svenuto?” si chiese Oliver. “Deve essere passata tutta la notte”.

“Siamo vicini al polo nord, giovane Oliver” intervenne McFinnegan. “È mattina inoltrata, abbiamo dormito tutti più di dodici ore”. L’insegnante diede un’occhiata a una bussola, scuotendo incredulo la testa. “Qui, in questo periodo dell’anno, il sole non tramonta mai. Ma... santi numi! L’erba è verde come nelle Highlands della mia terra natia...”

McFinnegan si appoggiò con la schiena al tronco dell’albero e scivolò a terra delicatamente, per riguardo verso le sue vecchie ossa.

Una volta seduto sul muschio, si allentò la cravatta. Estrasse dalla tasca interna una mappa piegata dell'emisfero settentrionale e la aprì.

"Ancora non riesco a crederci, ma se è davvero così, abbiamo scoperto il leggendario continente artico!" esclamò e cerchiò con una matita la loro posizione attuale. In mezzo al bianco. "Mapparlo sarà un evento scientifico sensazionale!" Gli occhi dell'insegnante brillavano come quelli di un bambino sotto l'albero di Natale.

"Solo l'Antartide è formata da terraferma, l'Artide consiste di neve e ghiacci perenni" obiettò Oliver.

Lo scozzese annuì. "Giusto, così dicono i libri, giovane Oliver" confermò. "Tuttavia, nel corso della storia delle esplorazioni via mare, balenieri e cacciatori di foche hanno sempre raccontato di una terra dal clima caldo in mezzo ai ghiacci. È sempre stata liquidata come una storiella da marinai… a torto, come abbiamo appena constatato".

Harold Godric McFinnegan picchiettò con un dito il vetro della sua bussola, ma la lancetta rimase dov'era.

"C'è una cosa che non vi ho ancora detto, però" borbottò con aria preoccupata. "Mentre dormivate, Tici ha scannerizzato lo Sky Explorer bullone per bullone. Non si è rotto solo il volarizzatore. Tici ha simulato tre decolli, ma il risultato è stato sempre negativo". L'insegnante fece un profondo sospiro. "Al momento, far decollare lo zeppelin è impossibile. E, sebbene la stia cercando febbrilmente, Tici non ha ancora scoperto la causa. Forse ha a che fare con il campo magnetico del polo nord?"

Oliver si alzò.

"Non sappiamo ancora se ci troviamo in una foresta primordiale dell'Artide oppure in un pentolone di ghiaccio sull'equatore" disse. "Né, soprattutto, se questo è il luogo dove duecento anni fa sono arrivati i Gufenstein. La mia bussola, però, dice che siamo sulle tracce di un grande mistero".

McFinnegan si alzò e si tolse a pacche la polvere dai pantaloni. "Allora dobbiamo svelarlo, qualunque cosa sia" esclamò, entusiasta. "L'ACE è nata proprio per questo. Scoprire enigmi, misteri e artefatti magici e custodirli per il mondo è il nostro obiettivo".

Oliver annuì. "Magari sapessimo se la Bone e il professor Nikolajew sono sani e salvi..."

"Ehi!" gridò in quel momento Belle Pompadour da sopra la sua testa. Era appesa come un pirata alla scala di corda dello Sky Explorer e lasciava vagare lo sguardo sulla foresta. I capelli biondi con la ciocca tinta di rosa ondeggiavano nel vento. "Vedo del fumo! Laggiù qualcuno ha acceso un fuoco!"

Oliver sentì un formicolio nella pancia.

La cosa si faceva seria! Ma il primo pensiero di McFinnegan fu la loro incolumità.

"Tici!" gridò. "Attiva la modalità mimetica!"

Lo zeppelin in un attimo sbiadì, diventò trasparente e poi parve scomparire del tutto. Solo la scala di corda con Belle sopra penzolava ancora tra gli alberi, come appesa a un chiodo volante. Un minuto dopo, Belle era vicina agli altri per fare rapporto.

"Là c'è sicuramente un fuoco" disse Belle convinta. "A circa due chilometri dalla costa".

"Bene" annunciò Connor. "Allora procederemo come in una classica spedizione in territorio sconosciuto: tutti i sensi all'erta, concentrati al cento per cento... e senza toccare niente! Nessuno di noi sa se certi frutti succulenti, dal profumo delizioso, siano velenosi oppure no".

"Vale anche per gli animali?" chiese Oni. Alla sua voce si mischiavano versi forti e striduli. Tutti si voltarono. Oni aveva sul braccio un animale dal pelo soffice simile a una martora, fin troppo contento di lasciarsi coccolare. Anubi, accanto a lei, strepitava per la gelosia.

"Che cavolo, Oni, sì!" gridò Connor. "E se il suo cibo preferito fossero le dita umane?"

Oni alzò gli occhi al cielo, ma lasciò tornare il piccolo

amico nella foresta. Con grande soddisfazione di Anubi.

“A differenza delle bacche velenose, gli animali possono parlare con me, ricordi?” chiese, seccata. “E Baby Brown era buonissimo”.

Il commento di Connor fu uno sguardo al cielo. “Baby Brown, non ci credo!” sibilò a Oliver. “Perché non direttamente Biscottino Coccolino?”

Oliver rise.

“Bene, vado avanti io” decise poi Connor. “Il dono di Louie Undici-Dita mi permetterà di spostarmi in silenzio nella foresta”.

“Niente da fare, maestro del furto!” si mise in mezzo Belle. “Ho visto io il fuoco, e la spada della principessa Li ci aprirà la strada!”

Connor voleva rispondere, ma il sorriso e l’occhiolino di Belle gli soffocarono ogni resistenza. Si fece da parte e mosse il braccio in segno di invito. “Prego, milady, sono il Vostro fido servitore”. Ricambiò impertinente l’occhiolino.

Ora furono Oliver e Oni ad alzare gli occhi al cielo.

Alla fine, camminando nel bosco, si alternarono tutti e quattro a fare da guida. Belle, come concordato con Connor, cominciò per prima, poi Oni, e poi fu il turno di Oliver. Tra la fitta boscaglia si procedeva lenti e con molta fatica. Le spine continuavano a strappare le gambe dei pantaloni di Oliver. Malgrado ciò, cercava di tenere d'occhio non solo il terreno, ma l'intera foresta. Non era ancora riuscito a scoprire nessun grande mistero. La foresta era una foresta, niente di più. A differenza della giungla indonesiana, che aveva attraversato durante l'avventura a Batavia, questa aveva alberi e arbusti più simili a quelli europei. C'erano aceri e faggi, cespugli simili a quelli di more e felci che protendevano le foglie più in alto della testa di Oliver. Il clima era mite, non umido come durante la loro prima avventura insieme, in Indonesia.

Fecero la loro comparsa anche alcuni animali: topi, grossi scoiattoli e salamandre; dai rami, ogni genere di uccello inveiva contro gli intrusi. Ma nessuno di questi giustificava la cautela con cui i cinque avanzavano. Oliver ne era molto felice.

Quando fu il turno di Connor, però, quest'ultimo si fermò dopo pochi metri, si girò con uno sguardo di avvertimento e si portò l'indice alle labbra. Oliver trattenne il respiro.

Connor scostò delicatamente i rami di un cespuglio. Si intravedeva una piccola radura e, proprio di fronte a loro, una roccia alta come una casa con una grotta poco profonda alla base.

Senza il minimo rumore, come sempre grazie agli

stivali magici, Connor avanzò; dopo circa un minuto diede il via libera. Ora anche Oliver, Belle, Oni e McFinnegan si fecero strada nella radura. L'insegnante, come durante tutto il tragitto, era impegnato a creare una mappa approssimativa, anche per ritornare allo Sky Explorer. Dopo l'esplosione non si fidava più dell'indicatore di posizione dello zeppelin.

"Belle ha visto bene, qui ci sono dei pezzi di legno bruciati" Connor riferì a tutti, secondo quanto aveva scoperto. "Ma mi chiedo il motivo per cui la Bone abbia acceso un fuoco".

Oni rifletté. "Forse si erano persi e uno di loro ha usato i segnali di fumo?" ipotizzò.

Belle annuì. "Non è improbabile; di certo non stavano congelando".

"Oppure dopo il lungo viaggio avevano fame" suggerì Oliver, che sentiva lo stomaco brontolare.

Connor scosse la testa. "Troppo complicato" disse. "Non credo proprio che abbiano portato pentole e tegami".

"Il che fa della versione di Oni la più probabile" concluse Belle.

Harold Godric McFinnegan era in piedi al limitare del piccolo slargo davanti alla roccia. Ascoltando la conversazione, aveva continuato a lavorare alla sua mappa. Ora si voltò nervosamente a guardare i suoi studenti.

"C'è un'altra spiegazione ed è quella che mi piace di meno" grugnì. "Voi che ne pensate?"

Con un bastone tracciò un cerchio nella terra umida davanti alla bocca della grotta. Oliver fu il primo ad andare vicino a lui.

Il segno dell'insegnante contornava un'impronta. Oliver non ebbe nemmeno bisogno di confrontarla con il suo piede, era inequivocabile già così: dita, alluce, tallone... tutto era grande il doppio. Ad accendere il fuoco era stato un gigante.

Accerchiati

Per Oliver, avere paura non era un grosso problema. Quello che lo abbatteva davvero era la fervida immaginazione che scaturiva dalla paura. Appena aveva visto l'impronta gigantesca per terra, si era visto già scomparire tra le fauci di un ciclope assetato di sangue. Masticando, il colosso strizzava soddisfatto l'unico occhio mentre annusava i suoi bocconcini.

Oppure era il piede di uno yeti? Dopotutto erano circondati da neve e ghiaccio in quantità. Il fatto che i ciclopi, secondo la mitologia greca, vivessero su un'isola del Mediterraneo e gli uomini delle nevi in mezzo all'Himalaya, l'immaginazione di Oliver lo ignorava e basta.

"Bene, ora è appurato" commentò Connor freddamente. "Qui non siamo soli, lo sapevamo anche prima".

Oliver stava per protestare. Tyron era sì un tiranno,

ma di certo non un gigante. E almeno con lui si poteva parlare, cosa che non era sicuro si potesse fare con l'autore dell'impronta. Ma si morse la lingua, quel piede parlava da solo... per così dire...

All'improvviso qualcosa scricchiolò nella boscaglia alle loro spalle, rami che si rompevano, foglie che frusciavano. Lo stomaco di Oliver ebbe uno spasmo. Ma a farsi strada verso di loro era solo la martora.

"Baby Brown!" esultò Oni, mettendosi in ginocchio. L'animale si precipitò verso di lei come un cagnolino su una ciotola piena.

"È proprio necessario?" si arrabbiò Connor.

"Sì, è proprio necessario!" replicò Oni. Oliver vide l'amuleto intorno al suo collo illuminarsi, il dente e la squama di un mamba nero, come ormai sapeva. Oni aveva ricevuto quel ciondolo magico dalla sua bisnonna, la regina di una misteriosa tribù di sciamani in Etiopia. Grazie a esso, Oni poteva comunicare con molte specie animali.

Oliver la sentì parlare a bassa voce in una lingua sconosciuta. Le frasi non gli ricordavano nulla che avesse mai sentito in vita sua.

Quando ebbe finito, Oni ripose a terra il suo nuovo amico. Baby Brown stridette come una cerniera arrugginita e saltellò qua e là davanti a lei.

“Sa fiutare la direzione in cui è andato chi ha fatto il fuoco” annunciò Oni a un esterrefatto Connor. “Va bene o va bene?”

“Ehm, va bene...” brontolò Connor stizzito, dando un calcetto a una pietra.

Belle gli punzecchiò le costole con un dito. “Non sei l’unico ad avere buone idee, quand’è che lo accetterai, maestro del furto?”

Connor spinse via il dito, ma per farlo tenne la mano di Belle per un attimo più del necessario. Belle non ritirò la mano, anzi... non sembrò avere proprio nulla in contrario.

“In mancanza di altre tracce, propongo di impiegare il nuovo amico di Oni come segugio spia” disse McFinnegan con un sorriso compiaciuto.

E così fecero, stavolta guidati da Oni.

Quando si furono allontanati già da una buona mezz’ora dalla radura, si imbatterono in un’altra impronta, nettamente più piccola della prima, ma anche questa di un piede nudo. Oliver si voltò a guardare

McFinnegan. L'insegnante sembrava del tutto assorbito dalla stesura della mappa. Ma Oliver sapeva bene che lo scozzese era molto vigile.

"*Merde!*" gridò a un tratto Belle e poi si coprì la bocca perché nessun altro la sentisse imprecare. Cadde bruscamente in ginocchio sul sentiero, come fosse stata colpita da uno sparo.

Oliver guardò oltre la sua spalla e fu come se un mostro dalle dita fredde come il ghiaccio gli afferrasse il cuore. A un qualche passo dall'impronta antropomorfa, iniziava un'altra traccia. Oliver la riconobbe da un libro di biologia pieno di illustrazioni delle impronte di animali nella neve. Questa era chiaramente quella di un gatto... ma anche lui doveva essere gigantesco! La sabbia lì accanto era punteggiata di un liquido color ruggine... evidentemente sangue...

Oni sembrò percepire il panico crescente di Oliver, e così gli mise una mano sulla spalla per tranquillizzarlo. Poi anche lei si inginocchiò.

"Un animale simile a un gatto, questo è chiaro"

confermò agli altri. “Ma molto più grosso di un gatto selvatico, perfino di una tigre”.

Oni mise un dito nell’orma, grattò lo strato di terra superficiale e lo annusò. “mhmm, è da molto tempo che non sento nel naso quest’odore di patria” mormorò. “Proviene da sua maestà in persona, il re degli animali”.

A Oliver servirono due secondi per capire.

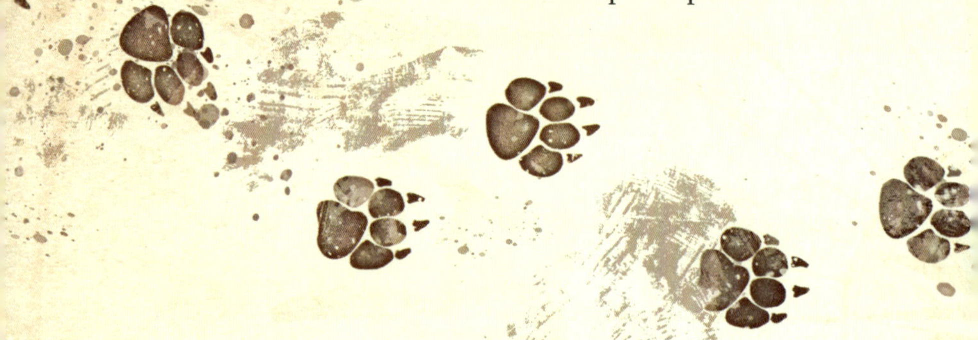

“Vuoi dire il leone?” esclamò, incredulo.

“Il leone” confermò Oni alzandosi. “Al cento per cento. Però questo è più grande di circa un terzo del suo cugino africano”.

Come a conferma, da qualche parte nella foresta risuonò un potentissimo ruggito.

Oliver deglutì. Sì, decisamente un leone.

Connor rise. La cosa sembrava più folle che divertente.

“Rallenta, Oni, così capisco anch’io” le chiese. “Siamo vicini al Polo Nord, e qui i leoni sarebbero notoriamente più grossi che in Africa? E non solo loro, ma anche gli indigeni?" Scosse la testa, del tutto perplesso. "Ma dove siamo capitati?"

"Domanda sbagliata" disse McFinnegan. Strappò un ciuffo di peli dalla corteccia di un albero e lo agitò. "La domanda giusta è: quando siamo capitati? Se non vado errato, questi provengono dalla pelliccia di un..."

L'insegnante non proseguì. Baby Brown cacciò un verso assordante, a cui Anubi subito si unì. I due animali correvano avanti e indietro freneticamente. Poi l'albero da cui McFinnegan aveva staccato il ciuffo di peli si piegò. Un rinoceronte galoppava verso loro cinque. Era grande il doppio dei suoi simili e coperto di lunghe setole.

Mentre Oliver si tuffava tra i cespugli, le informazioni gli rimbombavano nel cervello: rinoceronti lanosi, leoni di montagna, uomini con grandi piedi piatti... c'era solo una spiegazione a tutto questo: la tempesta li aveva catapultati nell'Età della pietra!

L'imponente animale, tuttavia, non li aveva guardati;

anche Oliver se ne accorse, pur se in stato di shock. Confuso quanto loro, si fermò e sbuffò.

"Piano!" li avvertì Oni. "Non è aggressivo, è spaventato!"

Oni parlò con calma all'animale. Il pachiderma ascoltò, ondeggiando la testa possente da sinistra a destra. Dopodiché, il rinoceronte lanoso sbuffò di nuovo, per poi attraversare il sentiero e proseguire per la sua strada nel bel mezzo della foresta.

Oliver non volle nemmeno immaginare di che cosa un gigante del genere potesse avere paura.

E quello che accadde dopo, Oliver di sicuro non se lo sarebbe dimenticato per il resto della sua vita. Solo un metro davanti a lui, un altro terrificante colosso irruppe dal sottobosco. Aveva gli occhi spalancati, la testa incrostata di uno spesso strato di argilla secca, la pelliccia macchiata di sangue e arruffata.

Oliver urlò... e la creatura fece lo stesso. Era grande quanto Oliver e camminava sulle zampe posteriori. Inoltre... in una mano impugnava una lancia.

A Oliver servirono circa tre battiti del cuore per rendersene conto: la creatura di fronte a lui era un giovane umano. La testa e i piedi del ragazzo, però, erano molto più massicci dei suoi e quella pelliccia tutta incollata era il suo vestito.

Poco dopo di lui, balzarono fuori dalla boscaglia due uomini adulti, uno aveva al suo fianco quella che pareva una tigre dai denti a sciabola.

“Saaa... s-sal... v-ve!” scappò a Oliver.

Il ragazzo lo fissava con gli occhi sgranati. Anche gli altri due cacciatori sembravano perplessi.

Euforico, Oliver si schiaffeggiò piano la fronte con la mano.

“Ah, che idiota!” disse con ridendo come un matto. “Voi non potete ancora parlare, non avete l’osso ioide”.

Il cacciatore più alto gli diede una pacca sulla spalla.

"Eckbert" ordinò al ragazzo in perfetto inglese. "Lega questo qui. Kaspar e le donne penseranno agli altri. Ci facciamo fregare una volta sola".

Oliver non sapeva come rispondere. Stava ancora dormendo? O era svenuto nel posto di pilotaggio del Volatus, in alto, tra le nuvole?

Ora stavano arrivando una dozzina di cacciatrici da tutti i lati del sentiero. Tendevano gli archi con le frecce incoccate e li puntavano contro Oni, Belle, Connor e McFinnegan. Oliver alzò le mani, erano circondati. Il giovane, che si chiamava Eckbert, gli afferrò le braccia e gliele portò dietro la schiena, poi lo legò con una corda di peli di rinoceronte.

"Non reagite" ordinò McFinnegan. "Sono sicuro che possiamo chiarire tutto".

"Non ce n'è bisogno" disse l'uomo che pareva essere il capo. "I vostri compagni hanno rapito il nostro attrezzista, e ora noi abbiamo voi. E non vi libereremo finché non sarà tornato sano e salvo".

Nella cupola di roccia

La truppa si addentrava in fila indiana nella foresta. In testa c'era il capo, il giovane Eckbert spingeva Oliver davanti a sé, Oni, Belle e Connor erano controllati da due donne ciascuno. L'uomo che avevano chiamato Kaspar aveva legato un laccio intorno al collo di McFinnegan e si tirava dietro il vecchio insegnante come una mucca docile.

Oliver continuava a guardare con ansia McFinnegan. Ma se si sentiva male, non lo dava a vedere. Nonostante tutto, gli brillava negli occhi lo spirito dell'avventura, e questo rinnovò il coraggio di Oliver.

Oni muoveva costantemente le labbra, Oliver se ne accorse. Il suo amuleto brillava, ma la tigre dai denti a sciabola al suo fianco non sembrava lasciarsi incantare dalle sue parole. Lanciava di sbieco sguardi voraci verso Anubi, che dalla spalla di Oni cercava di tenere a distanza il predatore con forti squittii.

Dopo una marcia di circa mezz'ora raggiunsero l'entrata di una caverna. Il capo si chinò e scomparve nella bocca nera. Quando Oliver si rifiutò di proseguire, Eckbert lo spinse da dietro.

Nonostante la situazione spiacevole, tre passi più avanti Oliver si fermò di nuovo, questa volta per lo stupore. La caverna era enorme! In mezzo al labirinto di stalattiti e stalagmiti erano appese dozzine di torce che inondavano ogni angolo di luce calda. Per terra erano distese delle pelli. Le pareti erano ricoperte di magnifici disegni di animali, ma non disegnati di profilo, come in altri siti preistorici che Oliver conosceva. Mandrie intere erano state dipinte da molto in alto, con uno straordinario sforzo mentale.

In mezzo alla cupola di pietra ardeva un imponente fuoco, che aveva da tempo spazzato via tutto il freddo e l'umidità dalla caverna. Il fumo usciva da una fessura nella volta. Intorno al fuoco erano sedute una ventina di persone dell'Età della pietra. Una donna con una pelliccia particolarmente sontuosa era accovacciata in cima a un trono scavato grossolanamente nella roccia.

Oliver, Oni, Connor, Belle e McFinnegan vennero portati al suo cospetto e spinti in ginocchio con un paio di colpi di lancia.

"Abbassate il capo davanti alla regina!" gridò il capo.

La donna si alzò. Oliver, nonostante la minaccia, osò guardarla. Era alta circa un metro e sessanta, ma soprattutto aveva piedi davvero grandi. Sopra gli occhi aveva un'ampia protuberanza, che le conferiva un aspetto feroce. A ogni modo, in quel momento non sembrava in vena di scherzare.

"Dove avete portato il nostro attrezzista?" gridò con voce minacciosa. "Parlate!"

McFinnegan si tirò con fatica in piedi.

"Pregiatissima regina" disse. "Con tutto il rispetto, non abbiamo idea di ciò a cui vi riferite. Siamo capitati nella vostra terra a causa di una terribile tempesta..."

"Taci!" gli intimò la donna. "È quello che gli altri hanno già cercato di farmi credere, e siamo stati abbastanza ingenui da cascarci. Ci è costato il nostro uomo più valido, il depositario della scienza segreta".

Si voltò verso il capo dei cacciatori. "Theodor, legali alle Pietre Piangenti. Metti loro davanti del cibo, ma a una distanza tale che non possano raggiungerlo. Vediamo un po' per quanto tempo quelle bocche resteranno chiuse".

Belle afferrò subito la sua spada e anche Connor balzò in piedi e si mise in posizione di difesa. McFinnegan invece scosse la testa. "Non opponetevi" consigliò. "C'è un tempo per combattere e un tempo per cedere".

Poco dopo, erano accovacciati tutti e cinque sul pavimento della caverna. Avevano le mani legate e le corde erano state ulteriormente avvolte attorno a una stalagmite. Davanti a loro c'erano ciotole di terracotta piene di verdure cotte, croccante carne arrostita e qualcosa che assomigliava al pane. Il profumo salì al naso di Oliver. Anche se quella era sicuramente carne di rinoceronte lanoso o peggio, non poté trattenersi: gli venne l'acquolina in bocca.

"Eccoci qui!" brontolò Belle in direzione di McFinnegan, tirando le sue corde. "Finora avrei potuto difendere la mia vita, ora non più".

L'insegnante sorrise dolcemente, come solo gli anziani sanno fare.

"O forse saresti stata già trafitta da tre frecce e noialtri saremmo comunque seduti qua, giovane Belle" rispose.

Oliver osservava ciò che succedeva nella caverna e si limita a scuotere la testa. "Signor McFinnegan, io non capisco" disse a bassa voce. "Come si spiega tutto questo? Donne e uomini dell'Età della pietra capaci di parlare e addirittura cucinare, tigri dai denti a sciabola addomesticate, uomini chiamati attrezzisti..."

Lo scozzese rifletté per un attimo. "La mia prima teoria si è rivelata sbagliata" ammise. "Non abbiamo viaggiato nel tempo, siamo ancora nello stesso anno in cui siamo partiti. Sono loro a essersi persi qualche millennio. Persone di quella statura, in queste condizioni di vita, rinoceronti lanosi e leoni di montagna sono vissuti nel Neolitico fino a 30.000 anni fa. Questi, per una qualche circostanza, sono sopravvissuti isolati dal resto del mondo e si sono evoluti proprio come i nostri antenati. Solo, molto più lentamente di noi. È interessante, molto interessante...”

“E due di loro si chiamano Eckbert e Kaspar” aggiunse Oni. “Quindi siamo sulla strada giusta. I Gufenstein devono essere stati qui. E anche Malus e Tyron, a quanto pare”.

“Eh, bravi!” Connor inveì. “Applaudirò quando saremo morti di fame...”

Oliver sospirò. Non solo le ciotole di cibo erano irraggiungibili, ma i primitivi non sembravano avere più il minimo interesse per loro. Si dedicavano alle loro faccende ignorando i prigionieri. Alcuni trebbiavano il grano, altri mescolavano colori con l’acqua. Qualcuno tagliava le pietre per trasformarle in strumenti affilati o appuntiti.

Eckbert, invece, il ragazzo che Oliver aveva incontrato per primo, stava attraversando la caverna con una corda in mano. Solo al terzo giro Oliver si rese conto che all’altro capo era legato un gufo. Tuttavia, per il ragazzino non era solo un giocattolo. Oliver notò che Eckbert osservava con attenzione il volo dell'uccello.

Poi Belle montò in bestia.

"Ehi, regina!" ruggì per tutta la caverna, tanto che tremarono le pareti. "Vieni qui a parlare con noi!"

Quando Belle, nonostante i tentativi di McFinnegan di placare gli animi, urlò per la terza volta, la regina comparve. Due arcieri la accompagnarono dagli intrusi.

"Siete disposti a lasciar andare il nostro attrezzista?" chiese, secca.

Belle fece un respiro profondo. “Ancora una volta: non c’entriamo niente con il rapimento o qualsiasi altro crimine della vostra terra” ripeté. “Ma sappiamo chi sono i furfanti, hanno rapito anche il… nostro attrezzista. Se ci liberate, possiamo...”

La regina rise.

“Sarebbe un po’ troppo facile, o no?” chiese, e fece per voltarsi.

Allora Belle le lanciò una frase che non si poté rimangiare: “Sei più che vigliacca, e vorresti essere una regina?” la sfidò Belle. “Un duello donna contro donna lo perdereste di sicuro!”

Oliver trattenne il fiato. Quello che Belle aveva appena fatto era... era... semplicemente inaudito! Quelli dell’Età della pietra erano popoli di cacciatrici e cacciatori. Erano abituati a cacciare e abbattere creature viventi tutti i giorni. Imparavano fin da bambini a usare la lancia e la clava, l’arco e le frecce, ma non per divertimento: ne andava della loro vita. Una regina di questa tribù non era certo la peggiore delle guerriere.

Olivcr strinse forte i pollici sui pugni chiusi. “Caro universo, fa’ che si mettano a ridere e se ne vadano via!” implorava con il pensiero. La prima parte del desiderio si avverò: la regina rise. Poi, però, allargò le braccia.

"Un duello donna contro donna, io contro di te?" ripeté. "Credo che nessuno qui abbia nulla in contrario se ci divertiamo un po', giusto? Battiamoci, allora, fino alla morte!"

Da trenta gole un hough! risuonò nella caverna, e Oliver capì: stava per scorrere il sangue!

All'ultimo sangue

Dieci cacciatrici slegarono i prigionieri e attraverso un labirinto di passaggi li condussero nelle profondità della montagna. Durante il tragitto, Harold Godric McFinnegan non smise mai di scuotere la testa. “Una brava avventuriera dell’ACE deve saper mantenere il controllo in ogni momento” rimproverò Belle. “Non deve mai reagire alle provocazioni, e soprattutto il suo comportamento non deve mettere in pericolo gli altri membri della spedizione!”

Il viso di Belle era contrito, Oliver lo vedeva nella luce delle torce. L’amica evidentemente stava affrontando diverse emozioni.

“Mi dispiace se quest’azione le sembra egoista” spiegò Belle all’insegnante. “Ma stavo pensando al professore e alla Bone. Se perdiamo le loro tracce, è finita. Almeno così abbiamo una possibilità!”

Belle si fermò perché un guerriero l’aveva colpita

nelle costole con il lato smussato della lancia. “Da quella parte!” ordinò, brusco.

Avevano raggiunto un’altra sala, ancora più alta della prima. Oni, Connor, McFinnegan e Oliver furono legati con lunghe corde alle stalagmiti. Avrebbero dovuto poter assistere allo spettacolo che sarebbe seguito. Sarebbe stato difficile, però, perché lì era ancora buio pesto. Belle e le sue guardie non si vedevano già più.

Poi, pochi metri davanti a loro, delle torce vennero accese e disposte a formare un quadrato. Nel mezzo c’era un campo che non era troppo diverso dal Percorso degli Orrori. C’erano ostacoli naturali, stalattiti e stalagmiti, e piante rampicanti che pendevano come liane dall’alto.

Belle fu sbattuta in quell’arena e finì distesa sul suolo duro. “Belle!” gridò Connor con rabbia, strattonando selvaggiamente le corde che lo legavano, ma nemmeno un ladro esperto come lui riusciva a liberarsi. Il suo zaino, che conteneva molti strumenti utili, gli era stato portato via da Kaspar.

“Sto bene” rispose Belle, e la sua voce rimbalzò sulle pareti. Si alzò in piedi con le ginocchia che vacillavano. A poco a poco, i membri della tribù si riversarono nella caverna. Prima venti, poi cinquanta, alla fine quasi cento. Molti avevano al proprio fianco tigri dai denti a sciabola addomesticate di ogni taglia, che continuavano a soffiare inferocite contro i prigionieri. Tutt'intorno si accesero piccoli fuochi con cui si bruciavano erbe. Il fumo faceva bruciare forte gli occhi.

Oliver sapeva che le risse e le gare di forza erano predilette nell'era dei vichinghi. Non aveva mai letto da nessuna parte che fossero un passatempo anche per i popoli dell'Età della pietra... o era solo il caso di questa insolita tribù?

All'improvviso, un mormorio attraversò la folla. Comparvero due uomini con grossi tamburi. Subito dietro di loro camminava la regina. Impugnava davanti a sé una lancia di legno con una punta di pietra, mentre alla cintola aveva appesa una clava. Quando raggiunse Belle, lasciò cadere il suo lungo mantello di pelliccia. Sotto, indossava una gonna corta di pelle e, come protezione per il busto, il carapace di una tartaruga. I capelli erano acconciati in quattro trecce grossolane. La regina si mise a saltellare intorno a Belle. I suonatori di tamburo si interruppero, presero il mantello e lasciarono l'arena.

"Non sarei mai dovuto venire qui con voi" mormorò McFinnegan. "Se a Belle torceranno anche solo un capello, non me lo perdonerò mai!"

Oliver non riuscì a trovare una risposta che potesse confortare il suo insegnante.

"Quale arma scegli, donna straniera?" gridò la regina a Belle.

Belle indicò la sua spada, con cui un cacciatore dal volto largo stava giocherellando. I primitivi avevano sì requisito l'arma della principessa Li, ma sembrava che non l'avessero considerata pericolosa per via della sua

raffinatezza. In confronto a una clava o a una lancia, la spada appariva ridicolmente fragile.

La regina sembrò vederla allo stesso modo, perché rise di gusto.

“Quel ramoscello?” ironizzò. “Allora il nostro duello finirà prima che la mia gente abbia il tempo di mettersi a ridere”.

Fece un cenno con la testa al cacciatore. Quello sogghignando portò a Belle la sua spada. Quando Belle la impugnò, la lama vibrò come un razzo di Capodanno sul punto di esplodere.

Oliver si morse un labbro e fece un respiro profondo. Aveva già visto Belle combattere con la spada magica. Ma si trattava di esercitazioni contro altri schermitori. Avrebbe saputo tenere testa a un’avversaria che non rispettava alcuna regola?

Mentre Belle stava ancora aspettando il segnale di inizio, la regina alzò la lancia e le colpì la spalla con la parte smussata. La folla esultò.

Belle fu sbalzata per aria e scaraventata sul suolo di pietra.

“Non è corretto!” urlò Connor. “Non era pronta!”

Alla regina non importava quello che diceva Connor, probabilmente nemmeno lo sentì. Si mise a gambe larghe sopra Belle e sollevò la lancia. Lo stomaco di Oliver si contrasse. La donna strinse la lancia con due mani e poi affondò il colpo. All'ultimo momento, Belle rotolò di lato. La punta di pietra si schiantò con tale violenza sul suolo della caverna che volarono scintille. Prima che la regina se ne accorgesse, Belle le era passata in mezzo alle gambe e si era alzata in piedi dietro di lei. La lama della spada tagliò l'aria e una treccia della regina cadde a terra. La folla gemette, ma Connor applaudì: "Vai, Belle, così!"

Anche Oliver tirò un sospiro di sollievo. Belle non si sarebbe più fatta sorprendere, era entrata nel vivo del combattimento. E aveva fatto infuriare la sua avversaria senza ferirla.

"Ulrika! Ulrika!" iniziò ora a gridare Theodor. Ben presto il resto della tribù si unì a lui.

La regina Ulrika si girò con un volteggio e tirò senza esitazione un affondo con la punta della lancia. Ma Belle era una spadaccina elegante. Danzava sulle punte come una ballerina. Con un minimo spostamento di peso evitò l'attacco.

Ora i colpi si susseguivano veloci. Entrambe erano ottime combattenti, Oliver dovette constatarlo. Belle sferrò diverse stoccate con la spada, ma Ulrika le parò tutte con la lancia. La regina era altrettanto veloce, agile e incredibilmente forte. Quando un colpo arrivò sulla parete alle spalle di Belle, una stalattite si frantumò in mille pezzi che piovvero a terra.

Mentre Connor si mordeva il pugno per la tensione, Oliver non ce la faceva più. Doveva distrarsi; per fortuna non si trovavano in una palestra spoglia. Le grotte e i laghi sotterranei l'avevano sempre affascinato. Questa caverna però aveva qualcosa di molto speciale. Le pareti non erano dipinte, come nei complessi di grotte in Francia che conosceva. Ovunque la roccia era stata sgrossata ad arte. Dagli abili colpi dello scultore erano nati animali di ogni tipo: tigri dai denti a sciabola, rinoceronti lanosi e centinaia di specie diverse di uccelli. C'era un esemplare di ogni animale, notò Oliver. Solo i gufi comparivano in coppia. Oliver si avvicinò alle figure, per fortuna le corde gli lasciavano un raggio d'azione sufficiente. Fu subito colpito dalla differenza rispetto alle altre immagini. Diversamente dagli altri animali, i due gufi erano appollaiati su una roccia; a chiare lettere sotto a quello di sinistra era stato scalpellato ECKBERT, sotto a quello di destra KASPAR. Se fosse servita una prova definitiva che i fratelli Gufenstein erano atterrati qui, Oliver l'aveva appena trovata!

Mentre un altro urlo attraversava la folla, Oliver si accovacciò davanti ai gufi di pietra. Belle gridò qualcosa, per cui sembrava che stesse bene. Ma le sue parole non raggiungevano più Oliver. Tutta l'attenzione del ragazzo era monopolizzata da quelle figure così peculiari. Le lettere dei nomi non erano scolpite su un'unica pietra continua; ognuna era sul proprio pezzo quadrato. Parevano i tasti di un computer... o di un'antica macchina per scrivere.

L'estremità della corda era stretta attorno ai polsi di Oliver, che però riusciva a muovere di poco le mani. Ora aveva le dita libere. Quando premette la E, la lettera cedette. Molto al di sopra di lui, qualcosa scricchiolò e della polvere calcarea gli piovve addosso. Poiché gli altri erano ancora impegnati a seguire il duello, nessuno a parte lui se ne accorse.

Il cuore di Oliver batteva all'impazzata. Decifrare e risolvere enigmi era ciò che più amava fare. Ma si era anche già confrontato con i creatori di enigmi del genere. Di solito, se non sempre, per ogni manovra sbagliata c'era una punizione: oggetti di valore distrutti, templi sprofondati in mare o... tetti crollati in testa a chi non sapeva quello che faceva.

"Mannaggia!" imprecò Oliver tra sé. Se aveva interpretato bene il soffitto della grotta che si sbriciolava, si era già giocato il primo tentativo.

"Che cosa posso scrivere con queste lettere?" mormorò tra sé. "Quale parola del vostro mondo di inventori?"

Con il dito scrisse i loro nomi nella polvere:

ECKBERT KASPAR

Poi creò un elenco delle singole lettere:

AA/EE/RR/KK/B/C/T/S/P

Ma nulla gli saltò subito all'occhio.

Poi gli venne in mente che i Gufenstein erano tedeschi. Di sicuro avevano composto quegli enigmi nella loro lingua madre. Come chiunque in Olanda, Oliver per fortuna conosceva abbastanza bene quella lingua: non era poi tanto diversa dall'olandese.

Oliver chiuse gli occhi. Le lettere gli rimbalzavano nella testa come palline da ping pong. Formavano parole sempre nuove, a volte avevano un significato, altre erano insensate. Ma Oliver sapeva subito se era vicino alla soluzione.

A un tratto riaprì di colpo gli occhi. Si era fatto strada nella sua mente qualcosa a cui pensava da parecchio tempo. Una parola su cui si era subito interrogato. ATEBAR, il nome scritto sbagliato del velivolo a otto posti simile a una cicogna. ATEBAR si poteva comporre con le lettere dei due fratelli!

Con l'indice che tremava, Oliver premette la A, poi si spostò dalla parte di Eckbert e premette la T. A ogni lettera, Oliver tendeva l'orecchio per capire se da qualche parte stesse crollando una parete o si muovesse qualche roccia. Ma non accadde nulla. Oliver fece un respiro profondo, poi terminò schiacciando la R.

Oliver si alzò in piedi, in attesa di un prodigio. In quella, la regina Ulrika assestò un duro colpo allo stinco di Belle. Gli spettatori esultarono. Oliver vide tre delle sue trecce sul pavimento di pietra. Belle stava vendendo cara la pelle, ma ora la gamba le cedeva. Sembrava che le mancassero le forze.

In quel momento, la grotta cominciò a tremare. Dal soffitto piovvero sassolini grandi come chicchi di grandine. Tutto intorno, la roccia gemeva e

scricchiolava. La regina abbassò la lancia che teneva già puntata al collo di Belle. I suoi sudditi abbassarono la testa o si gettarono a terra. Connor, Oni e McFinnegan si guardarono intorno con aria interrogativa, Belle tornò lentamente in piedi.

Nessuno di loro riuscì a credere a quello che videro: tre rocce, una sopra l'altra, che ruotavano sul proprio asse. Nel lato posteriore, finora rimasto nascosto, erano stati ricavati dei gradini. Congiunti, formavano una scala che portava a venti metri di altezza. In cima, la montagna sembrava aprirsi, rivelando una bassa sala. Oliver fu il primo a riconoscere il velivolo che stava là sopra. Era l'ATEBAR, l'aereo per molti passeggeri.

"Oliver!" gridò Oni e le teste di tutte le persone nella caverna si girarono.

"Aliver?" capì Ulrika e a sua volta si gettò subito a terra. Ma non per paura; per riverenza nei confronti del ragazzo che li aveva ricondotti al volatile di legno che conoscevano solo grazie ai racconti degli anziani... i quali, dalla sua groppa, avevano osservato le mandrie di animali in migrazione per poterli poi disegnare sulle pareti della grotta.

Aliver Gufenstein

Furono sei tasti a trasformare completamente l'atmosfera nella caverna. Oliver aveva premuto per sei volte le lettere nell'ordine giusto, riaprendo così, dopo innumerevoli decenni, il favoloso laboratorio dei fratelli Gufenstein.

I guerrieri e le cacciatrici che prima avevano accolto Oliver e i suoi amici con vero e proprio odio, ora esaudivano ogni loro desiderio.

Belle fu condotta da due donne fuori dall'arena, dove Connor l'abbracciò.

"Sono proprio fiero di te!" Oliver lo udì sussurrare nell'orecchio di Belle.

McFinnegan e Oni si fecero slegare come gli altri. Oni riabbracciò beatamente il suo Anubi. Il suricato finora si era rifugiato su una stalattite per scampare alle tigri dai denti a sciabola.

La stessa regina Ulrika non lasciò mai il fianco di

Oliver. Si ostinava a chiamarlo Aliver, e finché lui veniva trattato da re, Oliver non la correggeva.

Mentre la tribù preparava un banchetto nella caverna, Oliver salì i gradini con la regina e McFinnegan. Oni, Belle e Connor li seguirono, altrettanto emozionati.

Arrivati in cima, dapprima rimasero tutti senza parole. I Gufenstein avevano creato qui una copia quasi esatta della stanza segreta nel Voletarium. C'era un tavolo da disegno, modellini in legno appesi al soffitto, e attrezzi di ogni genere. Alcuni dovevano averli portati lì durante il loro primo volo, perché erano di metallo. Altri, di pietra e legno, probabilmente erano stati realizzati dai nativi su loro specifiche indicazioni.

C'era anche una rampa di decollo, come nel Voletarium. Qui però non c'era il Volatus II, qui era parcheggiato l'enorme Atebar. Le ali e l'elica erano striate di sporcizia, la pelle dei sedili era consumata. Senza dubbio, quello era stato il primo aereo a passeggeri del mondo... e, a ben vedere, era stato usato più volte.

"Io riconosco tutto questo" disse infine da regina Ulrika, accarezzando con reverenza un piccolo Volatus II con le dita. "I canti dei nostri anziani descrivono questo laboratorio nei minimi dettagli. Ma più il tempo passava dalla scomparsa di Eckbert e Kaspar, più tutto quanto diventava leggenda. Nessuno sapeva più se fossero davvero stati qui o se si trattasse solo di una bella storia. Nemmeno l'attrezzista era riuscito ad aprire l'ingresso".

Harold Godric McFinnegan annuì. "Quanto rimasero qui i fratelli?" chiese. Probabilmente con il pensiero stava già riscrivendo la storia dell'aviazione.

"Nell'undicesimo Canto del gufo una strofa recita: Per due per dieci volte il sole fece il suo giro, poi i fratelli lasciarono la valle per davvero".

"Vent'anni, dunque" disse l'insegnante, traducendo lo strano modo di contare della regina. "Eravate tristi? O contenti, quando se ne andarono?"

La regina guardò lo scozzese come se le avesse appena sputato davanti una rana fosforescente.

"Contenti?" esclamò inorridita. "I Gufenstein ci hanno insegnato tantissime cose, rendendoci la vita molto più facile. Da noi, in cambio, hanno voluto sapere tutto sulla natura e il volo degli uccelli. Già, eravamo tutti insegnanti e allievi allo stesso tempo. Ciò che mostrarono al loro assistente, cioè l'attrezzista, è tramandato ancora oggi dal membro più anziano al giovane più in gamba della tribù. Per questo il suo rapimento è per noi così grave".

Mentre la regina parlava, Oliver esaminava l'Atebar. Era sempre così quando si imbatteva in un mistero:

voleva capire a tutti i costi come funzionava. Su questo velivolo, però, la sua intelligenza si scontrava con un limite, perché l'Atebar non aveva un motore, né altri mezzi di propulsione. Ma era troppo pesante per decollare da qui e sorvolare la foresta.

"C'è una cosa che non capisco" intervenne allora. "Come fa a volare questa macchina? Tu lo sai?"

La regina si avvicinò a lui. Anche l'occhio critico di McFinnegan si soffermò sull'Atebar. Anubi non portava il minimo rispetto. Con uno schiamazzo, prese subito posto su uno degli otto posti.

"Mhm, nel canto Volo di gufo, volo di gufo forse c'è un verso che lo spiega" rispose Ulrika. "Un granello di magneto basterà, e dieci per dieci per dieci volte si volerà".

Oliver ascoltò subito con attenzione. Un granello che bastava per mille voli? Ma allora era una fonte di energia incredibile!

"Che cos'è il magneto?" chiese Oni.

Questa volta Ulrika la fissò con aria confusa. "Tu che sussurri agli

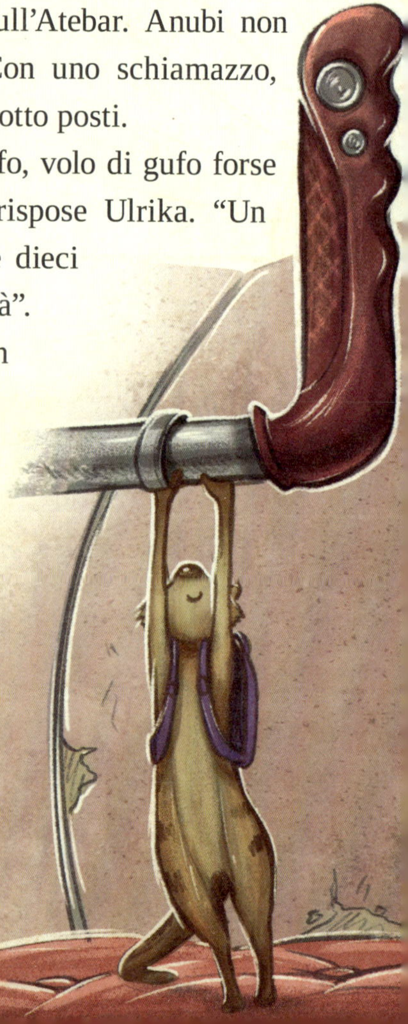

animali non lo conosci?" domandò. "È la sostanza che rende possibile ogni forma di vita".

Oliver sentì il suo respiro accelerare. "Allora adesso sappiamo il vero motivo per cui la Bone è venuta qui" dedusse. "Le grandi menti cercano fin dall'antichità una fonte di energia inesauribile. Immaginate: non servirebbero più carbone, petrolio, gas, nemmeno i pannelli solari. Quella sostanza alimenterebbe tutti gli aerei, le vetture e altre macchine inquinanti. Una scoperta del genere non vale milioni, vale miliardi, anzi, ancora di più".

Connor sputò, schifato.

"È questo l'obiettivo della Bone, sono d'accordo" disse cupo. "Li troveremo con il professore nel luogo dove si trova questa sostanza".

"Dove si trova il magneto?" incalzò Oliver.

Ma la regina scrollò le spalle. "Solo l'attrezzista lo sa", confessò. "Il magneto è troppo pericoloso per i non-iniziati".

Oliver scese le scale, rimuginando. Nel frattempo, nella caverna, la tribù aveva preparato un banchetto.

"C'è una cosa che ancora non capisco", mormorò Belle tra sé e sé. "Come ha fatto la Bone a scoprire una fonte di energia che solo gli abitanti del luogo conoscono, a parte i Gufenstein?".

McFinnegan fissò il fuoco. Aveva gli occhi socchiusi, pareva riflettere intensamente.

"Forse ci sono testimonianze dei balenieri sul magneto?" suggerì. "L'Ombra Bianca si occupa di molte leggende e racconti di marinai. In ogni storia c'è sempre un granellino di verità".

"E stavolta c'è n'è un granello intero" sottolineò Oni. "Dobbiamo assolutamente anticiparli".

Ma prima, gli esploratori dell'ACE fecero un nuovo pieno di energia con un banchetto.

Quando la regina tornò nella caverna, suonarono dei tamburi simili a bonghi. Là dove si era appena svolto un duello all'ultimo sangue, ballerine e ballerini iniziarono a rievocare alcune scene della storia della tribù che i loro antenati avevano raffigurato nelle incisioni rupestri.

Dopo di loro fu il turno dei cantori, che raccontarono il resto delle storie attraverso canzoni che sembravano infinite. Poco alla volta, i guardiani dell'ACE e il loro insegnante appresero ciò che si era verificato in quel luogo. Circa 35.000 anni fa, durante una battuta di caccia, gli antenati della tribù erano stati colti da una tempesta e, dopo un lungo volo tra le nuvole, erano stati catapultati di nuovo sulla terra. Tentarono più volte di tornare indietro, ma il ghiaccio formava una barriera insormontabile. Così, si stabilirono in questa valle.

C'erano animali da cacciare a sufficienza, abbastanza piante da mangiare ed erbe officinali. Dato che non c'erano altri popoli, non conoscevano la guerra. Ebbero quindi il tempo per sviluppare una propria cultura. Divennero sempre più bravi a dipingere e nel giro di pochi anni diedero vita a una lingua e ai loro canti.

Poi, duecento anni fa, in una radura, cadde dal cielo un marchingegno in cui erano seduti due uomini. Avevano una profonda conoscenza e insegnarono alla tribù molte cose, soprattutto la lingua inglese, affinché potessero comunicare con i futuri visitatori. Tutti contribuirono alla costruzione del loro laboratorio, dove i fratelli lavorarono per anni, proseguendo nelle loro ricerche grazie alle conoscenze degli indigeni. Allo stesso tempo, i Gufenstein intrapresero lunghe spedizioni nella valle. Cercavano il potere che permetteva a questa oasi verde di esistere in mezzo ai ghiacci. Ma durante questi viaggi si fecero accompagnare solo dall'attrezzista, il loro assistente più importante, e i tre si confidarono a vicenda molti segreti. Dopo circa dodici anni, tornarono con alcuni granelli di una sostanza che chiamarono magneto. Quella sostanza aveva il potere di mantenere in volo anche un aereo con otto persone a bordo.

Oliver era stato ad ascoltare incantato come tutti gli altri. Quando l'ultimo cantante lasciò il palcoscenico, quattro guerrieri portarono nella caverna un grande pentolone. Pendeva da un'asta che gli uomini reggevano sulle spalle. La pentola era di metallo e su un lato era inciso l'anno 1820. Dunque era stato chiaramente portato nella valle dai Gufenstein.

"Questo spiega tante cose" disse Connor con la bocca piena.

Era palese che avesse troppa fame per attenersi alle buone maniere. "I Gufenstein non sono stati sorpresi dalla tempesta come noi e i predecessori della tribù. Avevano calcolato esattamente dove sarebbero atterrati. Ecco perché hanno portato con sé a bordo del Volatus II strumenti, pentole e copie dei loro registri più importanti".

Oni stava portando alla bocca un mestolo di stufato di verdure, ma si fermò a metà.

"Ragazzi, ma questo significa anche un'altra cosa" disse, lasciando cadere il mestolo. "I Gufenstein sapevano che non sarebbero potuti mai più tornare a casa. Per cui, anche noi siamo intrappolati in questa terra per sempre..."

Eckbert Testasaggia

Oliver era sotto shock, Oni parlava ad Anubi in tono rassicurante, Belle si mordeva il labbro e Connor camminava per la caverna come un pollo irrequieto. Da qualunque parte i quattro amici affrontassero la questione, tornavano sempre allo stesso punto. La tempesta li aveva spinti nel continente artico, ma non c'era via di ritorno.

Per tutto il tempo, Harold Godric McFinnegan mormorò frasi indistinte tra sé e sé. "La forza del magneto è ciò che rende possibile la vita" disse, ripetendo le parole della regina Ulrika. "I Gufenstein non hanno dato a quest'energia quel nome senza motivo. È come un magnete che rende impossibile allontanarsi dalla sua fonte. Questo spiegherebbe anche le difficoltà di decollo dello Sky Explorer rilevate da Tici".

Oliver annuì. "Allora, che cosa sappiamo di questa energia?" chiese al gruppo.

Oni accarezzò la testa di Anubi. "Nessuno conosce

l'esistenza di questo continente" rispose. "Il che deve significare anche che il magneto respinge gli aerei, gli elicotteri, perfino le immagini satellitari e il freddo. Nemmeno gli esploratori polari si sono mai imbattuti in quest'oasi verde tra i ghiacci. È come se questa forza abbia formato una specie di enorme campana sopra al continente".

Belle diede un morso a un frutto rosso, ma sembrò non percepirne il sapore. "E per sfondare questo muro di energia occorre una violenta tempesta" aggiunse.

"Allora dobbiamo aspettare venti favorevoli?" domandò Connor. "Come i marinai all'epoca della navigazione a vela?"

Belle rise amaramente. "Sì, ma leggermente più a lungo. Il meteo per il volo di andata si è ripresentato per la prima volta ieri dal 1825".

Oliver allontanò da sé la ciotola di cibo. Se prima moriva di fame, ora aveva perso l'appetito.

"Il problema della gravità nei viaggi spaziali..." mormorò tra sé e sé. Poi proseguì ad alta voce. "Ragazzi, il problema si pone a ogni decollo".

Con un bastone, Oliver disegnò un semicerchio nella polvere, a rappresentare la superficie terrestre. Sopra vi appoggiò una stalattite spezzata. "È necessario creare per un piccolo lasso di tempo una spinta superiore all’attrazione gravitazionale della Terra. Gli enormi serbatoi di un razzo sono necessari solo fino a quando non si lascia l’atmosfera”. Oliver sollevò la stalattite verso l’alto. “Dopodiché, il razzo procede quasi senza incontrare alcuna resistenza”.

Connor afferrò il braccio di Oliver e la stalattite cadde per terra.

“Solo che qui l’attrazione gravitazionale è di molto superiore al normale” puntualizzò con astio. “E il volarizzatore è guasto”.

Oliver prese sorridendo la stalattite-razzo e la fece decollare una seconda volta. “Allora, al momento del decollo, basterà che la spinta sia maggiore” disse, asciutto. “Per fortuna, dopotutto, abbiamo a disposizione una quantità di energia illimitata, che non diminuisce mai”.

Oni lo guardò perplessa. “Intendi il magneto?” domandò.

Oliver annuì. “Solo il magneto può vincere il magneto” sentenziò, a conclusione del ragionamento. “Anche la Bone lo sa, altrimenti tutta questa faccenda non avrebbe senso nemmeno per quei criminali”.

Connor però non era convinto. “Rimane soltanto il piccolissimo problema che nessuno sa esattamente dove si trovi questa fonte di energia”.

In quel momento, qualcuno si schiarì la gola accanto a loro. In piedi c'era Eckbert, il ragazzo che Oliver aveva incontrato per primo nella foresta. Il gufo che aveva fatto volare tante volte in tondo nella caverna ora era appollaiato sul suo braccio, su una fascia di cuoio.

"Scusate, non era mia intenzione origliare" esordì. "Ma forse io so dove si trova l'energia che rende possibile ogni forma di vita. Mi chiamano Eckbert Testasaggia".

McFinnegan lo invitò con un gesto della mano.

"Allora siediti con noi, giovane Testasaggia" disse.

Eckbert si inginocchiò accanto a un piatto di arrosto di rinoceronte. "Sono stato nominato successore dell'attrezzista solo due cicli solari fa" spiegò. "Per questo il Maestro non mi ha ancora svelato tutti i segreti. Non conosco la posizione esatta della pietra di magneto, ma abbiamo già percorso una parte della strada insieme".

Connor saltò in piedi. "Che cosa aspettiamo? Andiamo!"

Tese la mano a Belle. "Stare seduti qui a rimuginare mi fa diventare matto".

Oliver ridacchiò. Per lui era l'opposto; insieme formavano una supersquadra!

La regina Ulrika, dopo il lungo duello, aveva divorato un'infinità di cibo, innaffiando il tutto con l'acqua

limpida di una sorgente che sgorgava dalla roccia. Proprio mentre stava per riprendere la conversazione con i suoi ospiti, Oliver si presentò davanti al suo posto. Il resto del gruppo lo aspettava al passaggio per la caverna principale.

"Aliver?" chiese la regina. "Dove andate?"

Oliver si tolse gli occhiali e li pulì nervosamente. "Quello che Belle ti ha detto prima del duello è vero" cominciò. "Degli uomini malvagi hanno rapito anche un nostro sapiente attrezzista. Abbiamo viaggiato fino alla vostra terra proprio per liberarlo. Con il tuo permesso, vorremmo proseguire nel nostro intento".

Oliver prese fiato. Sapeva che quello che stava per chiedere era importante. “Eckbert Testasaggia vorrebbe accompagnarci” disse infine, con voce tremante.

La regina Ulrika afferrò la lancia e balzò in piedi.

“No!” tuonò, così forte che nella caverna ogni conversazione cessò.

“La tribù ha già perso l’attrezzista. Se ora scomparisse anche il suo apprendista, tutti i nostri grandi segreti andrebbero perduti per sempre”.

“Ma...” Oliver cercò di calmarla.

“Aliver, risparmia il fiato, la mia decisione è definitiva” dichiarò con un tono tagliente. “Non manderò Eckbert Testasaggia con voi”.

Poi sul suo volto si allargò un sorriso. “Vi accompagneremo anche io e Theodor” promise. “Faremo da guardie del corpo a Eckbert e a voi... così saremo esattamente in otto”.

Theodor fece un sorriso sbilenco. Non sapeva bene come rispondere a Ulrika. “Perché il numero è importante?”

Ulrika si allacciò la clava alla cintola, Theodor si mise in spalla l’arco e la faretra rigonfia di frecce.

“La nave volante che avete trovato ha otto posti... e voi sapete guidarla, giusto?” domandò. Ma la regina si era già data la risposta da sola.

"Venite" esclamò, facendo cenno a Oni, Connor, Eckbert, Belle e McFinnegan. "Non c'è modo migliore di trovare la strada che dall'alto, vero, Eckbert?"

Il ragazzo dell'Età della pietra annuì. "Lo raccontano i dipinti degli anziani" rivelò. "Le mandrie si dirigono dove l'erba dà più energia. Tuttavia non si possono individuare da terra, ma solo dall'alto".

Mentre Oliver, Belle, Connor e il loro insegnante accompagnavano la regina e il capo dei cacciatori alla rampa di decollo, Oni e Anubi scomparvero con Eckbert nella caverna principale. Il Maestro gli aveva già spiegato che le pitture raffiguranti le mandrie indicavano la strada verso la sorgente di energia. Ma non si erano spinti oltre. Tutti speravano che Oni, a cui la sua bisnonna aveva insegnato a leggere le tracce, riuscisse a decifrare anche i simboli nascosti in quelle raffigurazioni di animali.

Oliver, invece, doveva affrontare un problema completamente diverso. Siccome aveva pilotato il Volatus II durante la tempesta, ora era considerato automaticamente l'esperto delle macchine volanti dei Gufenstein. Per quanto avere quest'onore gli facesse piacere, un po' lo spaventava. E se avesse fallito?

Theodor era un uomo massiccio, dai muscoli enormi. Oliver aveva sentito la presa della sua mano già una volta, e gli era bastato. Ma adesso il cacciatore si guadava intorno con occhi pieni di meraviglia come fosse un bambino.

"La nave volante di cui narrano i canti!" sussurrò con reverenza.

Oliver sentì il groppo allo stomaco crescere. Ora dipendeva tutto da lui, anche regalare al grande cacciatore il giorno più emozionante della sua vita.

Con un profondo respiro, Oliver si sedette al posto di pilotaggio dell'Atebar. In effetti, gli indicatori erano uguali a quelli che già conosceva. Anzi, era probabile che i Gufenstein li avessero smontati dal Volatus II. Nemmeno loro sarebbero riusciti a costruire strumenti così precisi in una società preistorica.

"Ce la fai, Oliver?" chiese McFinnegan. Oliver annuì, senza riflettere sulla domanda. Doveva farcela, altrimenti erano spacciati.

A un soffio dalla meta

Il cielo sopra New York era grigio. Alfred P. Hades lo vedeva chiaramente da uno dei dodici monitor incassati nella parete di fronte a lui. Non aveva mai guardato fuori dalla finestra per scoprirlo. Nel quartier generale della Bone non c'erano finestre. Hades le aveva fatte murare perché il capo della Bone soffriva di allergia alla luce. Non sopportava il chiarore, specialmente la luce del sole. Per questo la sua pelle era più chiara della neve, il che gli era valso l'inquietante soprannome di Ombra Bianca.

Ecco perché Hades era più interessato a quanto poteva osservare dal monitor 7. Al momento, mostrava la sua impresa preferita. Se tutto fosse filato liscio, sfruttando la fonte di energia si sarebbe arricchito di quadrilioni. Inoltre, grazie a quel potere, avrebbe spazzato via tutti i Paesi del mondo. Erano state due osservazioni effettuate nello stesso giorno del 1837 a metterlo sulla buona strada. I ricercatori di tutto il globo avevano segnalato forti deviazioni nel campo elettromagnetico terrestre; o, almeno, così si potevano interpretare le rilevazioni. E poi, tante altre persone in tutta Europa avevano riferito l'avvistamento di un gufo di legno con due uomini sopra.

L'Ombra Bianca aveva fatto due più due e aveva concluso che i fratelli Gufenstein non solo avevano compiuto con successo il primo volo con equipaggio; ma che, nella loro destinazione segreta, avevano anche trovato una potente fonte di energia. Era una teoria azzardata, ma ne era appena arrivata la conferma. Il monitor 7 mostrava le immagini sfocate inviate da una

videocamera sul casco di Alex Malus. L'audio si era interrotto dopo che avevano attraversato la tempesta sul cavallo meccanico e non era più tornato nemmeno al loro arrivo sul continente artico. Ma almeno, grazie al video, l'Ombra Bianca poteva seguire in diretta Tyron il Tiranno mentre avanzava a fatica nella foresta. Spingeva due uomini davanti a sé. Uno era il professor Andrej Nikolajew, quel ridicolo ometto che voleva fare lo scienziato. Il vecchio idiota sudava come una scimmia nel suo completo grigio. Ogni dieci passi si tamponava la fronte con un fazzoletto per asciugarsi il sudore.

Il secondo assomigliava a un uomo primitivo, indossava una pelle maculata e aveva i lobi delle orecchie

forati da due paletti di pietra spessi un centimetro. Perfino Alfred P. Hades, quando vide gli occhi di quel figuro, trasalì. Nelle sue pupille era riflessa una paura primordiale.

L'Ombra Bianca si versò un bicchiere d'acqua e lasciò che le gocce gli scendessero in gola una per una. Era così buona, molto più buona, quando erano altri a penare!

Quando il bicchiere fu mezzo vuoto, però, sul monitor accadde qualcosa di inaspettato: l'uomo primitivo aveva cercato di scappare! Si dibatteva, continuava a puntare il dito davanti a sé e a scuotere il testone. Si capiva che non voleva assolutamente proseguire. Tyron lo braccò in una morsa e superando Nikolajew continuò a trascinarlo su per la montagna.

Le immagini della videocamera tremolarono forte, poi iniziarono a saltare e infine lo schermo divenne bianco. Il video tornò solo una volta. Alfred P. Hades vide un primo piano di Tyron che spalancava la bocca in preda al panico. La parola che gridò alla videocamera era chiara: "Aiuto!"

Il cielo era azzurro davanti a Oliver. Lo vedeva anche dalla minuscola fessura che riusciva a scorgere nella parete di legno che aveva di fronte. Da quando aveva preso posto sul sedile del pilota, i suoi dubbi erano stati come spazzati via. Il suo cervello funzionava molto diversamente quando entrava in gioco la tecnologia. Ciò su cui Connor e perfino il signor McFinnegan si erano scervellati gli era diventato subito chiaro. Sì, pensò Oliver, in fondo lo devo accettare: io sono un genio!

Con quella frase in mente, girò sorridendo le manopole del cruscotto. Azionò due leve e ruotò di una tacca una rotellina.

Oni, Connor e Theodor spinsero da parte la parete di legno davanti alla punta dell'Atebar, Belle colpì con la spada le liane e i rampicanti ribelli. Erano cresciuti per secoli, rendendo così la rampa di decollo dei Gufenstein del tutto invisibile anche dall'esterno.

Gli otto posti del primo aereo passeggeri della storia del mondo erano disposti in fila, uno dietro l'altro. Il velivolo era stretto e in effetti ricordava un po' le barche a remi che Oliver aveva visto ai Giochi Olimpici. Attaccata alla punta c'era un'enorme elica e su ogni lato tre ali lunghe circa quattro metri. Il legno dell'oggetto volante era molto sottile e leggero, ma allo stesso tempo resistente. Oliver lo aveva scoperto involontariamente quando, salendo, era scivolato. Nonostante il pesante atterraggio, non si era scheggiato niente. Il pavimento sotto i piedi di Oliver era intatto e ancora lucido per lo sfregamento delle scarpe dei primi piloti. Tutti i pezzi erano tenuti insieme da una moltitudine di cinghie di cuoio. In cuor suo sperava...

Nel posto del copilota, subito dietro Oliver, era seduto Eckbert Testasaggia. Aveva il compito di leggere il paesaggio dall'alto e compararlo a quello delle pitture nella caverna. Così sarebbero arrivati alla fonte dell'energia del magneto. Dietro di lui c'era Oni, per poterlo all'occorrenza aiutare.

Harold Godric McFinnegan sedeva al quarto posto, la regina Ulrika al quinto e poi c'era Belle.

Connor e Theodor avrebbero occupato il settimo e l'ottavo posto, ma prima dovevano dare al velivolo la spinta necessaria, come gli atleti di una gara di bob.

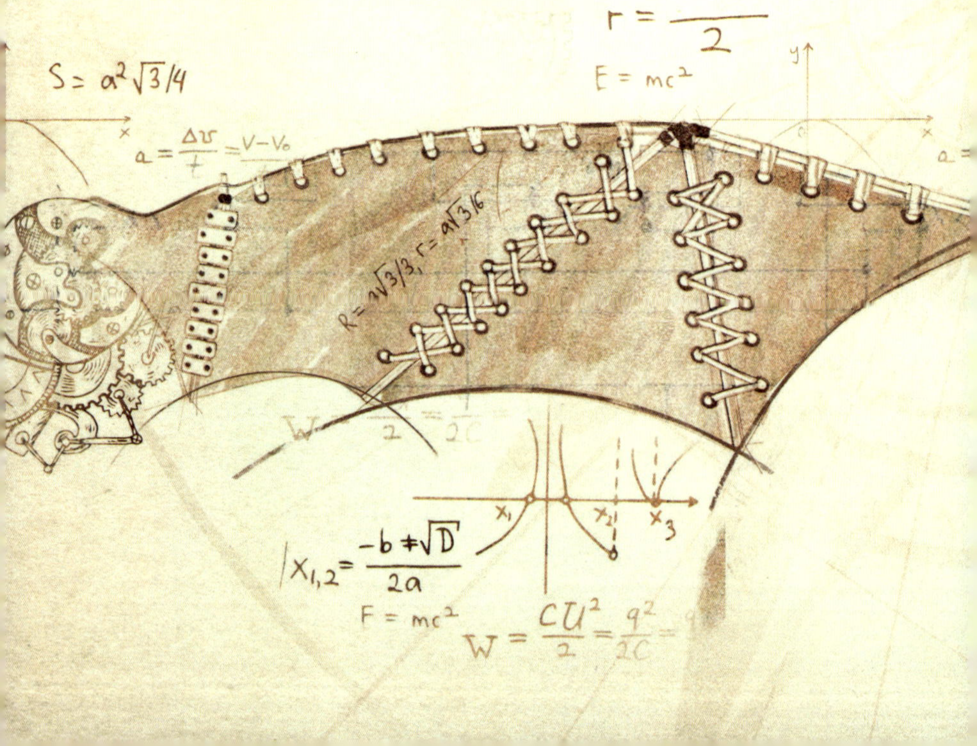

Oliver fece un respiro profondo. Solo dopo che la parete di legno fu spinta da parte seppe esattamente che cosa lo aspettava. L'Atebar era appoggiato con sei ruote sul piano della caverna.

Davanti all'elica c'erano ancora circa dieci metri, poi la parete rocciosa andava giù a picco. Per evitare di precipitare di colpo, i Gufenstein e i loro assistenti avevano scavato nella montagna un'enorme rampa.

Oliver scese ancora una volta e spalmò sui mozzi delle ruote un po' del grasso vegetale rancido contenuto in un secchio accanto all'aereo. Poi, soddisfatto, riprese il suo posto: ora avrebbero girato bene come duecento anni fa.

Anche l'altimetro lampeggiava, segno che l'energia del granello di magneto continuava a fluire.

"Non siete obbligati a venire" gridò Oliver voltandosi. "Posso viaggiare con Eckbert e basta, oppure da solo, senza problemi. E se mi schianto, potrete pensare voi a fermare la Bone. Se invece precipitiamo tutti sull'Atebar..."

Nella caverna di decollo il silenzio durò solo tre secondi. Poi Belle esclamò: "Dai il via e basta, Oliver!"

Connor rise. "Già, preferirci finire a pezzi nella foresta con te che stare sano e salvo al tuo capezzale".

Oni girò gli occhi al cielo, Oliver lo sapeva anche senza guardarla. "Uomini!" fece. E poi: "Se ci succederà qualcosa, ci penserò io a rimettere tutti in sesto. L'avete dimenticato? Ho con me le erbe magiche di Sambal Mbeke!"

Oliver non era sicuro che ci fosse un'erba utile contro una doppia frattura del cranio. Ma le parole dei suoi amici gli fecero bene.

"Avanti, Aliver!" lo incoraggiò anche la regina Ulrika.

Allora Oliver lasciò cadere la mano che teneva fuori dalla cabina di pilotaggio.

"Via!" ordinò.

Connor e Theodor si gettarono all'istante contro gli assali delle ruote posteriori dell'aereo. Le ruote avanzarono scricchiolando di qualche centimetro. Sbam! Di nuovo, le spalle dei due forzuti si scontrarono contro l'Atebar. Le ruote continuarono a girare.

Alla terza spinta, il velivolo iniziò a muoversi. Connor e Theodor lo spinsero per cinque metri, poi saltarono sugli ultimi due sedili.

"Allacciate le cinture!" gridò Oliver emozionato. "E spegnete i cellulari!"

Due secondi dopo, le due ruote anteriori rimasero sospese per aria. Poi anche quelle posteriori percorsero la rampa. In un batter d'occhio, l'aereo si alzò in volo, poi la punta si inclinò verso il basso come al rallentatore. L'Atebar si inclinò in avanti, la gravità iniziò a farsi sentire e il primo aereo passeggeri della storia sfrecciò lungo la rampa di pietra. La vibrazione faceva tremare le braccia di Oliver, che però non mollò la presa. Stringeva la barra di comando come se ne andasse della sua vita... il che, alla fine, era vero.

I due secondi che occorsero all'aereo per raggiungere la fine della rampa parvero a Oliver lunghi metà della sua vita. Come nel trampolino per il salto con gli sci, poco prima della fine la rampa si appianò, poi l'aereo decollò.

"Uuuuuuuuuuuuhuuuuuuu!" urlò Ulrika. Per lei, Theodor ed Eckbert, la sensazione doveva essere ancora più estrema che per gli esploratori dell'ACE. Oni, Oliver, Belle, Connor e Harold McFinnegan erano già abituati a volare, con venti di qualsiasi forza. Ma la gente dell'Età della pietra non si era mai mossa a una velocità superiore a quella di una corsa, e di certo mai senza sentire il terreno sotto i piedi.

Oliver girò una manovella sotto la quale una targhetta riportava la parola tedesca "Schub", cioè "spinta". Finora erano rimasti in aria solo grazie allo slancio di prima. Ora invece l'elica cominciò a ruotare con una forza incontenibile. Per un attimo, Oliver temette che il propulsore anteriore si staccasse dal resto della macchina.

Ma il corpo dell'aereo seguì l'elica, proprio come avevano calcolato i Gufenstein. Il vento sosteneva le sei ali e l'Atebar volava.

"Uuuuuuuuuuuuhuuuuuuu!" fece Oliver, stavolta. Doveva buttare fuori tutta la tensione e la gioia.

Per i dieci minuti successivi, invece, tutti rimasero in silenzio. Ognuno si godeva la vista della fitta foresta dall'alto. I guardiani dell'ACE e Harold McFinnegan ne avevano già sorvolata una parte, ma era stato alla fine dell'uragano. Nessuno aveva notato nemmeno un centimetro del continente artico.

Adesso era un'altra cosa. Appena Oliver fu sicuro che tutto funzionasse, guardò giù. Il mondo che passava sotto di loro era impressionante. Possenti alberi giganti allungavano i rami verso di loro, dovevano avere più di mille anni. Le rocce scintillavano sotto le cascate, fiumi e torrenti tagliavano steppe e praterie. Sembrava regnare una pace incredibile. Solo dopo un po' Oliver capì a che cosa era dovuto. La tribù di Ulrika, per gran parte della sua evoluzione, era rimasta ferma all'Età della pietra. Automobili, fabbriche e macchinari rumorosi qui non esistevano.

Poi videro le mandrie. Un centinaio di cervi giganteschi con le femmine e i cerbiatti attraversavano la macchia.

“Ecco la roccia nera a forma di lancia!” gridò improvvisamente Eckbert. “Ora dobbiamo virare a sinistra”.

Oliver girò la barra e l’Atebar cambiò direzione. Tre rinoceronti lanosi li seguivano con lo sguardo, sbuffando, e un leone delle caverne alzò una zampa e ruggì.

“Ehi, certo che da voi ci sono cavalli enormi!” esclamò Oni tutta contenta.

Ma la risposta di Ulrika turbò tutti quanti.

“Cavalli? Che cosa sono?” gridò con il vento contro.

Oliver si sporse di lato e ora vide anche lui l’animale.

“Quello là!” rispose. Un attimo dopo, Oliver si bloccò. Oliver. Il cavallo non era di carne e ossa, ma fatto di parti metalliche. Era la creatura che aveva costruito Alex Malus. Accanto ad esso giaceva un Volatus II in frantumi.

Oliver diede più spinta per recuperare rapidamente il grande vantaggio della Bone. Ma come se avesse colpito una lastra di vetro, l’Atebar rimbalzò come una pallina da tennis e sfrecciò a elica verso la fine della foresta, verso un gigantesco muro di ghiaccio.

Un aiuto dagli animali

Il vento gli fischiò nelle orecchie, la pressione dell'aria lo colpì come un pugno nello stomaco. Oliver tirò la leva della spinta, Oliver strattonò la barra di comando, Oliver pigiò contemporaneamente tutti e quattro i pulsanti di emergenza... non accadde nulla. La forza del magneto li spingeva senza pietà nel cielo. L'Atebar si avvicinava al ghiaccio a grande velocità.

Il cervello di Oliver lavorava frenetico. Quasi sentiva l'elettricità che gli faceva ronzare i neuroni.

"Forza!" fece Oliver, incitando la sua mente. "Dimmi che cosa devo fare!"

All'improvviso sentì qualcuno afferrare la barra di comando. Erano le mani di Eckbert Testasaggia. "Se non puoi vincere, non opporti" gridò controvento. "Abbandonati!"

Oliver si rese conto che Eckbert aveva ragione. Arrendersi alla forza della natura rappresentava l'unica possibilità di sopravvivere... anche se infinitesimale.

Nessuno disse una parola mentre sfrecciavano a velocità costante verso il muro di ghiaccio bluastro. Il muro era alto una cinquantina di metri e sovrastava le chiome degli alberi più imponenti.

Poco prima che l'Atebar si schiantasse, fu attraversato da una scossa. Sembrava quasi che le forze del magneto si infrangessero sul muro di ghiaccio. L'aereo fu spinto di lato e volò per qualche secondo parallelamente al muro. Poi le ali urtarono il ghiaccio, ma non si spezzarono. Evidentemente, i Gufenstein lo avevano preparato per affrontare qualsiasi forza della natura. Le punte delle ali scavarono solchi sempre più profondi nel ghiaccio, finché l'Atebar non si arrestò. Le ali erano conficcate nel muro fino a metà. Il resto del velivolo era sospeso a dieci metri da terra. Oliver prese fiato.

"Qualcuno è ferito?" gridò, voltandosi. I suoi sette passeggeri erano bianchi come cenci, soprattutto i primitivi. Ma, dato che tutti scossero la testa, anche loro erano sopravvissuti al primo volo della loro vita.

Solo Oni era accasciata sul suo sedile; ma se non altro riuscì ad alzare il pollice.

"Come facciamo a scendere?" domandò Belle. "Saltare non è un'opzione fattibile, nemmeno per il nostro maestro del furto..."

Questa volta Connor non ribatté con un commento spigliato, ma fece un sorriso ambiguo. Intanto, tirò fuori dallo zaino una corda e dei moschettoni come quelli che si usano in arrampicata.

"Saltare no" confermò Connor. "Ma posso senz'altro calarvi tutti in sicurezza".

Dieci minuti dopo erano tutti legati in cordata e Connor fu l'ultimo a scendere lungo la parete di ghiaccio.

Oliver si inginocchiò accanto a Oni, che era riuscita a malapena a tenersi alla corda da sola. Ora giaceva esausta sull'erba coperta di brina. Qui faceva sensibilmente più freddo rispetto alla parte di foresta che già conoscevano. Oni non sarebbe potuta restare qui a lungo.

Anche Belle, Connor e Harold McFinnegan la raggiunsero. Anubi era così entusiasta che saltava su e giù come una pallina magica.

"Oni!" sussurrò Oliver preoccupato. I capelli le stavano sulla testa più dritti e selvaggi del solito. Per fortuna Oni riaprì subito gli occhi.

"È tutto a posto, l'erba cattiva non muore mai" fece.

Connor girò gli occhi al cielo. "Donne!" la stuzzicò. "È il tuo modo di dire: 'Grazie per esserti preso cura di me?'"

Oni si tirò a sedere con un sorriso. Poi però prese la parola Eckbert Testasaggia.

"La sorgente non permette alle navi volanti di

avvicinarsi" dedusse. "La forza del magneto è troppo grande. Possiamo procedere a piedi ancora per un pezzo. Ma solo gli animali più forti riescono ad avvicinarsi di più. Perché è da lì che traggono la forza".

Oni ascoltò con attenzione. "Gli animali più forti?" chiese. "Sono i cervi?"

Eckbert scosse la testa. "No" rispose. "Nella nostra antica lingua li chiamavamo Nasiditronco. Ma i fratelli Gufenstein ci hanno insegnato il loro vero nome. Ora li chiamiamo anche..."

In quel momento, un barrito assordante squarciò la foresta. Poco dopo, la terrà tremò, e anche gli alberi più vecchi e alti fremettero.

Nasiditronco?, passò nella mente di Oliver. Poteva trattarsi degli elefanti?

Poi il sole si oscurò e una bestia gigantesca attraversò la pista che tagliava la foresta innevata. Sembrava essere stata attirata dal rumore e dalle voci.

Oliver trattenne il respiro. L'animale era grande quasi il doppio di un elefante, coperto da una folta pelliccia e aveva zanne che non finivano mai. Era chiaramente un mammut! A non più di cinquanta metri da lui, la bestia si alzò sulle zampe posteriori e barrì di nuovo. Quando il mammut tornò a quattro zampe, buttò Oliver gambe all'aria.

“Tu... tu sei erbivoro!” gridò Oliver con voce stridula. “Io non sono una pianta, io non sono una pianta!”

Strisciando all’indietro, cercò di raggiungere un albero dietro a cui ripararsi. Anche se non era sicuro che esistesse qualcosa in grado di proteggerlo da quel colosso.

Purtroppo l’animale sembrava interessato proprio a lui. Con passi pesanti seguiva l’umano in preda all’agitazione.

Quando il mammut fu a soli dieci passi da lui, Oliver saltò in piedi. Corse a zig zag verso un albero. Le sue dita trovarono da sole gli appigli nella corteccia. Con la rapidità di una scimmia, cosa di cui si sorprese, Oliver si arrampicò su per il tronco. A cinque metri di altezza, afferrò una liana che pendeva dall'alto, la strattonò per controllare che tenesse e poi si dondolò verso il ramo più basso dell'enorme albero. Al secondo tentativo, riuscì a salire sul ramo. Come un serpente, si avvinghiò al legno finché finalmente non riuscì ad alzarsi. Poi riprese fiato.

Il mammut si alzò sulle zampe posteriori sotto di lui, ma neanche così riusciva a raggiungerlo con la proboscide. Oliver strinse una mano a pugno. Non doveva limitarsi a contare sul suo cervello... ed era fantastico!

Ma la sensazione durò poco. Poi Oliver vide il suo inseguitore voltarsi e abbassare la testa. L'animale corse verso il cavallo meccanico dietro il quale si nascondevano gli altri. Infilò le zanne sotto il corpo del cavallo e lo sollevò. In quella arrivò ad aiutarlo un altro gigante, che emerse di corsa dalla foresta. Questi calpestò con una zampa anteriore il manufatto di Malus. Per gli amici di Oliver fuggire era impossibile. Ora altri quattro esemplari di dimensioni diverse li accerchiavano.

Ma ecco che a un tratto Oni si alzò in piedi e gridò parole in una lingua sconosciuta. Oliver trattenne il respiro. Oni non vorrà certo... Non sapeva molto della sua capacità di parlare con gli animali. Ma Oni aveva già spiegato loro che non funzionava con tutte le specie. Alcune non capivano e altre non volevano capire. Con le tigri dai denti a sciabola non aveva avuto successo, forse la loro era una lingua troppo antica.

Allora Oni si mise accanto al cavallo meccanico e alzò le braccia. Forse stava provando a tranquillizzare i giganti, ma a Oliver sembrò più che altro che Oni volesse stregarli. L'amuleto che aveva al collo brillava intensamente.

Il capobranco si girò verso Oni. Muoveva su e giù la testa con fare aggressivo. Ma Oni non arretrò di un centimetro. La sua voce si fece ancora più alta. Solo un metro la separava da quel colosso. Oni sollevò lentamente le braccia e... Oliver stentò a credere ai suoi occhi... accarezzò la proboscide del mammut.

"Così, bellezza" disse Oni con tenerezza. "Siete arrivati proprio al momento giusto".

Belle fu la prima a raggiungerla, poi Theodor e la regina Ulrika. Questi ultimi abbassarono le lance con una certa esitazione. Se la bestia avesse fatto anche solo un passo di più, riferirono, l'avrebbero fermata con le armi.

"Non era necessario, abbiamo Oni" disse Connor ridendo.

Ora, finalmente, anche Oliver osò tornare a muoversi.

"Ehi, qualcuno mi aiuta a scendere?" gridò.

Tutti risero.

"Dai, amico!" rispose Connor. "Con il numero di prima avresti stracciato il record di tuo padre nel Percorso degli orrori!"

Lanciò a Oliver una liana, che il ragazzo legò stretta attorno al ramo. A fatica, come sempre, discese arrampicando.

"Te l'ho detto che sono capace, in caso di reale pericolo" Oliver brontolò tra sé e sé. "A meno di avere un mammut alle calcagna, per me queste cose non hanno proprio senso".

Poi strinse i denti e con l'indice toccò il mammut più piccolo. "Ehi, come stai?" chiese con tono disinvolto.

Poi non poté fare a meno di elogiare Oni.

"Cavolo, che coraggio, Oni, ti stimo" disse Oliver.

Oni rise.

"Gli animali grandi hanno paura quanto quelli piccoli" spiegò con un sorriso. "Sono solo più grossi".

Diede un colpetto alla proboscide del mammut e disse una parola. L'animale capì. Avvolse la proboscide attorno a Oni, la sollevò e la fece sedere con delicatezza sulla schiena pelosa.

"Mammuttesco non è poi tanto diverso da elefantesco" fece Oni. "Ha solo un che di buffo, dice Ruzzolina".

"Ruzzolina?" esclamò Connor. "È il nome che hai dato a questo... bestione?"

Oni fece spallucce. "Per me le si addice. Allora, andiamo?"

Nella sua lunga vita di avventuriero e di scienziato, Harold Godric McFinnegan aveva provato esperienze che i comuni mortali non osano nemmeno immaginare. Tuttavia, queste non includevano ancora un giro su un mammut, come spiegò a tutti i presenti. Fu il secondo a prendere posto in groppa a Ruzzolina.

In breve, tutti si distribuirono sui mammut. Con Oni e McFinnegan c'era anche Eckbert Testasaggia;

Connor era passato davanti a tutti per salire con Belle sul secondo esemplare più grosso; Ulrika e Theodor si erano sistemati, non senza esitazione, in groppa al terzo; e Oliver trotterellava per ultimo, da solo, su quello più piccolo. Era un mammut ancora molto giovane, il che lasciava a Oliver almeno una flebile speranza che non lo confondesse con un boccone, dato che beveva ancora il latte.

Ad agitarlo un po' era solo il fatto che il quinto mammut, un giovane maschio, trottasse subito dietro di loro. Ogni due passi, faceva scorrere la punta della proboscide tra i capelli di Oliver. Ma, dopo un po', per il ragazzo fu come scacciare le mosche seduti a un tavolino in giardino.

La compagnia procedeva spedita. Oni era accovacciata tra le orecchie di Ruzzolina a parlare con lei. Anubi era quasi invisibile nella pelliccia nera della gigantessa. Solo ogni tanto faceva capolino dal suo nido.

La salita divenne sempre più ripida e gli animali cominciarono a sudare. Ma non dipendeva soltanto dalla pendenza. Oliver sentiva in tutte le ossa come una forza sconosciuta che cercava di spingerlo via. Lo strattonava con la violenza di un uragano che gli soffiava contro. Passo dopo passo, la capobranco arrancava su per la montagna. Con il suo corpo possente faceva da scudo agli animali più giovani, come se davvero li riparasse dal vento.

Il più piccolo, sotto il peso di Oliver, camminava a passettini di pochi centimetri appena. A un certo punto si fermò, esausto, e barrì disperatamente.

La madre si fermò e lo incitò con qualche piccolo barrito. Quando raggiunse la testa della comitiva, Ruzzolina prese Oliver dalla groppa del piccolo e lo depositò accanto a Oni.

"La forza del magneto lo sta distruggendo" disse Oni, traducendo quanto appreso dalla capobranco. "Ma deve farcela, così diventerà grande e forte".

Oliver annuì in silenzio. Per fortuna, la cresta della montagna non era più tanto lontana. Il pericolo maggiore doveva essere ormai passato. Mai Oliver si era sbagliato tanto.

La pietra di magneto

Oliver fu il primo a vederlo. Sul sentiero battuto che i mammut percorrevano forse da secoli per raggiungere la fonte di energia, un umano correva verso di loro: Tyron il Tiranno! Di norma Oliver sarebbe subito corso a nascondersi, ma oggi c'era qualcosa di diverso. Tyron era bianco come un lenzuolo. Anche da lontano, si sentiva per così dire l'odore del panico. Il criminale non veniva loro incontro per attaccarli... stava scappando da qualcosa.

"Si salvi chi può!" farfugliò Tyron quando raggiunse Ruzzolina. Senza riprendere fiato, continuò a correre verso la valle.

"Se è una farsa, bisogna candidare Tyron all'Oscar" mormorò Oliver. "Quella paura non la si può recitare".

Eckbert guardò il furfante che fuggiva. "Era uno degli uomini che hanno rapito il mio maestro" disse, confermando ciò che tutti già sapevano.

Poco dopo arrivò Malus. Anche lui era bianco come il suo capo a New York.

"Non potete più salvarli!" gridò. "Non saremmo mai dovuti venire in questo luogo maledetto!"

Theodor gli puntò una freccia contro.

"Dov'è nostro fratello?" domandò.

"Là! Lassù!" urlò Malus in preda al panico. "Non so se sia ancora vivo!" E nonostante l'arma rivolta verso di lui, corse via.

Theodor abbassò l'arco.

"Eckbert?" chiamò. "Che cosa ci aspetta in cima alla montagna?"

Eckbert chiuse gli occhi un attimo per riflettere. "La pietra di magneto si trova nelle fauci della montagna ed è sorvegliata" ricordò infine. "Chi la custodisce non può essere superato in battaglia".

Oliver deglutì. Poteva significare qualsiasi cosa. Ma “fauci della montagna” evocava troppo l’idea di essere divorati, per i suoi gusti...

Connor si alzò sulla groppa del suo mammut. Belle cercò di trattenerlo, ma lui si liberò dalla presa.

“Non sono partito per arrendermi”, annunciò agli altri. “Bartholomeus van Robbemond ha nominato me, Belle, Oni e Oliver guardiani dell’ACE. Se tornassi indietro ora, non potrei più guardare negli occhi nemmeno il suo ritratto. Non me ne andrò da questa montagna senza il professor Nikolajew e il vostro attrezzista. E svelerò il segreto di questa energia”.

La regina Ulrika prese ora la parola. “Questo ti fa onore, ragazzo mio” disse. “Ma quando i canti preannunciano che uno scontro è senza speranze, potete crederci. La strofa vuole essere un monito per tutti: non avvicinatevi alla bocca della montagna!"

Belle annuì, Connor invece sorrise. "Nel nostro mondo, prima praticavo... ecco, un'arte particolare" così spiegò a Ulrika, Theodor ed Eckbert il suo passato da maestro del furto. "La mia specialità era entrare in qualsiasi caverna, non importa quanto fosse ben custodita. Riuscirò a farlo anche oggi, e ho già un piano".

Connor si mise in ginocchio e diede una pacca sul collo al mammut. "Queste brave bestiole si recano regolarmente alla fonte di energia, giusto?" chiese al gruppo. Ulrika, Theodor e Eckbert annuirono.

"Quindi, chiunque o qualunque cosa stia a guardia del magneto dovrebbe conoscerli e lasciarli passare".

Connor indicò Anubi. "Il nostro suricato mi ha dato un'idea: i mammut entreranno nelle fauci della montagna e noi ci nasconderemo nella loro pelliccia".

Oliver annuì. Così avrebbero potuto farcela.

Harold Godric McFinnegan, tuttavia, scosse la testa. "La prossima escursione sarà nel giardino del castello", promise. "Ma solo dove non ci sono ortiche. Non vi esporrò più a nessun altro pericolo".

Un quarto d'ora dopo i mammut avevano raggiunto la cima della montagna. Oliver spostò con una mano una ciocca di grossi peli.

Oni accanto a lui accarezzò dolcemente la testa della mammut capobranco.

“Avanti!” sussurrò. “Sono fiera di te”. Poi pronunciò alcune parole incomprensibili, probabilmente le stesse, ma nella lingua dei mammut.

Gli animali fecero solo una breve pausa e poi si diressero a fatica verso le fauci della montagna, ovvero una grotta che sembrava davvero la bocca di un mostro. Di minuto in minuto, i passi dei mammut si facevano più piccoli, la forza del magneto più grande.

Quando Oliver già pensava che i mammut si sarebbero arresi, Ruzzolina barrì ed entrò nella caverna. Come se avesse oltrepassato un confine invisibile, la madre ora camminava di nuovo spedita, i passi le riuscivano più facili. Perfino il piccolo procedeva senza dover essere spinto da una zia.

Poi Oliver vide il guardiano e ogni cellula del suo corpo ruggì: “Torna indietro!”

Era un uomo alto il doppio di una persona normale. Aveva capelli arruffati che gli arrivavano fino alla schiena. Il petto, la pancia e le cosce erano ricoperti di pelliccia di mammut che non aveva dovuto tagliare troppo, tanto era enorme il suo corpo. Poiché la caverna non era buia ma illuminata a giorno, Oliver poté osservare che cosa stava facendo il gigante. Aveva accanto a sé un'enorme vasca traboccante di vernice. Con un pennello di pelo animale, dipingeva le alte pareti della grotta. Oliver rimase di stucco. I suoi dipinti erano tanto artistici che mai avrebbe creduto che quel tipo sgraziato ne fosse capace. Quando il gigante si accorse dei mammut, si fece da parte.

Con un grugnito, diede una pacca al fianco della mammut capobranco e la lasciò passare.

Oliver strinse i denti. Se il guardiano li avesse notati ora, si sarebbe doppiamente infuriato.

Non avrebbe avuto esitazione, ma avrebbe fatto a pezzi lui e gli altri, o peggio. Oni strinse la mano di Oliver come se intuisse la sua preoccupazione. Ma non successe nulla. I mammut camminarono a passi lenti davanti al guardiano in un corridoio ben illuminato, come in teoria avevano già fatto dozzine di volte.

Si addentrarono sempre di più nella montagna. Sorprendentemente, c'era sempre più luce invece che buio. Eppure non c'erano torce o fuochi da nessuna parte.

Il chiarore proveniva da...

I barriti dei mammut annunciarono che erano giunti a destinazione. Al centro della grotta in cui i mammut si stavano radunando c'era una roccia che brillava come il sole. Oliver dovette socchiudere gli occhi per riuscire a vedere qualcosa. Attraverso due strette fessure, vide che gli animali appoggiavano le proboscidi sulla roccia e poi portavano la punta alla bocca. Così facendo, pareva che assorbissero minuscole particelle della pietra. Questa riluceva come un metallo nero appena forgiato, forse anche perché i mammut vi avevano sfregato contro le proboscidi per millenni.

Oliver, tuttavia, non avvertiva la minima energia. Era come se la pietra gli stesse risucchiando tutta la sua vitalità. Si sentiva stordito come se avesse saltato su e giù con un trampolino per ore. Nella sua testa tutto girava, ogni briciolo di coraggio, ogni scintilla di volontà di sopravvivenza l'avevano abbandonato. Avrebbe preferito scendere dal mammut e restare lì per sempre.

"Andrej!" sentì il signor McFinnegan urlare come da una coltre di nebbia.

Ruzzolina fece qualche passo intorno alla pietra. Il professore era appoggiato là. Aveva dipinta sul volto una beatitudine tale che sembrava aver appena compreso il disegno dell'universo in ogni dettaglio. Seduto accanto a lui c'era un uomo primitivo con due paletti di pietra nei lobi delle orecchie. L'attrezzista. Anche i suoi occhi erano offuscati dalla felicità.

"Ora scendo e resto qui anch'io" si sentì pronunciare Oliver. E in effetti, non aveva mai desiderato niente di più in vita sua che rimanere per sempre in quella caverna.

Ma Oni lo trattenne per il polso. Poi diede alla capobranco delle indicazioni su che cosa fare.

La mammut prese il professore con la proboscide e lo strappò al potere della pietra di magneto. Con forti proteste, Andrej Nikolajew scalciò e si divincolò.

"Fammi scendere!" sbraitò come un pazzo. "Voglio restare qui!"

Oni frugò nella sua borsa e gli infilò una foglia in bocca. Quello si acquietò all'istante e poco dopo si addormentò. Fece lo stesso con l'attrezzista.

"Silenzio!", sussurrò con urgenza. "Altrimenti il guardiano ci sentirà!".

Oliver tentò nuovamente di scendere dal mammut, ma Oni se ne accorse anche questa volta. "La pietra ti fa solo credere che qui si stia bene", gli sibilò all'orecchio. "Ecco perché i canti degli anziani ci mettono in guardia. Ora controllati, o dovrò metterti fuori gioco!"

Oliver annuì. Ma quando il mammut si voltò e uscì dalla caverna, un dolore incredibile quasi gli strappò il cuore.

Solo quando Oliver vide i dipinti del gigante sul soffitto sopra di lui, riprese conoscenza. L'influenza della pietra di magneto sul suo cuore si affievolì, i suoi pensieri tornarono più chiari. Il gigante aveva dipinto tutto ciò che era accaduto sul continente negli ultimi secoli. Quella grotta era niente meno che la cronaca di quel mondo.

Oliver riconobbe dapprima l'approdo delle navi dall'Africa. Poi i tentativi degli antenati di lasciare quella terra. Vide migrazioni di animali e periodi di siccità con molti morti. C'erano stati combattimenti tra uomini e mammut, terribili incidenti con i leoni di montagna e poi...

Poi Oliver vide i Gufenstein. Il gigante aveva osservato dalla cresta del vulcano anche il loro atterraggio e lo aveva raffigurato sulla parete. Poi, ancora, la collaborazione di Eckbert e Kaspar con gli indigeni, i voli nell'Atebar, l'aereo simile a una cicogna, e poi...

Oliver vide la soluzione grazie alla quale avrebbero potuto lasciare il continente. I geniali fratelli avevano lasciato loro istruzioni perfette anche per questo.

In agguato

Tornati nella foresta, mezz'ora dopo tutti si abbracciavano. La regina Ulrika abbracciò l'attrezzista, il quale elogiò l'allievo Eckbert; e Theodor diede una pacca sulla spalla a Connor.

Il professor Nikolajew ringraziò anche Oni, Belle, Connor e McFinnegan. "La pietra era circonfusa da un'infinita dolcezza" disse lo scozzese, cercando di spiegare quello che aveva provato. "Sapevo che non avrei mai voluto andarmene. Lì, pensavo, sarei stato felice per sempre".

Gli altri annuirono. Era stato così per tutti. Solo le erbe della borsa magica di Oni avevano impedito loro di finire morti di fame nella grotta.

Oliver non ringraziò. Non perché fossc un ingrato, ma perché stava riflettendo. La pietra di magneto era senza dubbio la fonte di energia di cui il mondo aveva un disperato bisogno. Come avevano già immaginato, petrolio, gas e carbone da un giorno all'altro non sarebbero più serviti. Il cielo sarebbe potuto diventare nero per via di tutti gli aerei, ma l'aria sarebbe rimasta pura come in vetta a una montagna. Dovevano solo staccare un pezzo dalla roccia di magneto e portarla a bordo dello Sky Explorer.

E quell'energia avrebbe anche permesso loro di decollare dal continente artico. Come su un razzo, avrebbero potuto vincere la forza di attrazione della roccia solo con una spinta energetica immensa. E quell'energia avrebbe dovuto procurarsela lui.

Oliver fece un sospiro profondo. Gira e rigira, sarebbero comunque dovuti passare di nuovo accanto al guardiano...

Due ore dopo, il momento era arrivato. I quattro esploratori dell'ACE, sui due mammut più forti, tornarono indietro verso le fauci della montagna.

Connor, perché poteva muoversi in perfetto silenzio, Belle, perché un grosso pezzo di pietra poteva essere staccato solo con una lama straordinaria. Oni, perché ogni cento metri dava loro erbe da masticare che attenuavano le tentazioni della pietra. E Oliver, perché il piano era il suo, dopotutto. Forse la bussola sarebbe servita di nuovo, chissà.

Oni continuava a sussurrare all'orecchio della

mammut istruzioni precise su ciò che doveva fare.

Oliver sperava che tutto andasse secondo i piani anche per gli altri. Theodor si era già diretto verso la valle con l'attrezzista. Nikolajew e Harold McFinnegan si erano uniti a loro. Avevano tutti diverse cose da preparare, per la buona riuscita del decollo. Oliver aveva spiegato loro tutto nei dettagli.

"Ecco!" disse Oni, porgendo a Oliver un'altra foglia all'entrata della caverna. Oliver aprì la bocca, obbediente come un bambino dal dottore. Poi, però, tutti tacquero.

Dopo qualche metro, Oliver osò sbirciare attraverso la folta pelliccia del mammut. Il gigante era appoggiato a una parete e dormiva.

Dalla groppa dell'altro mammut, Connor scivolò fino al pavimento della caverna. Arrivò sulla roccia senza il minimo rumore. Ora scese Belle tenendosi alla pelliccia dell'animale, finché le sue scarpe non toccarono le spalle di Connor. Con la spada in pugno, gli si sedette in spalla e Connor avanzò.

Con pacche delicate, Oni fece voltare leggermente la mammut. Almeno così lei e Oliver potevano stare a qualche metro di distanza dai loro amici.

Proprio di fronte alla pietra di magneto, Connor si fermò. La roccia emetteva un tale chiarore che Oliver riusciva a malapena a vedere i contorni dei due amici.

Sembravano una creatura fantastica dotata di quattro braccia.

Ora la creatura alzò il braccio destro superiore e fece abbattere la spada all'ingiù. Non appena la lama toccò la pietra, si sprigionò una tremenda onda d'urto. Connor fu sbalzato per aria, Belle scivolò a terra e colpì violentemente il suolo della caverna. L'imponente mammut fu spazzata via come una mosca troppo vicina a un ventilatore. Oni si artigliava disperatamente alla sua pelliccia, Oliver urlò finché non fu colpito in testa da un frammento di stalagmite. La terra tremò sotto i loro

piedi, l’onda d’urto spinse tutti e quattro gli esploratori dell’ACE, le loro cavalcature e il gigante fuori dalla caverna. Sdrucciolarono verso l’alto per un pezzo fino alla cima della montagna, poi furono catapultati verso la foresta. Oliver e Oni si erano ormai staccati da Ruzzolina già da un po’, altrimenti sarebbero stati schiacciati dal suo peso.

Poi, all’improvviso, ci fu silenzio. Perfino gli uccelli tacevano. Si udiva solo il lamento del gigante attraversare la foresta.

Oliver non sapeva per quanto tempo fosse rimasto disteso di schiena a riposare. A un certo punto trovò la forza di alzarsi. Con le ginocchia che vacillavano, gattonò verso Oni. La ragazza aveva gli occhi aperti. Ma fissava Oliver come se lo vedesse per la prima volta in vita sua.

“Oni?” balbettò Oliver preoccupato.

“L’unguento...” gemette Oni. “Verde. Menta piperita”.

Oliver impiegò qualche secondo per capire che cosa intendesse dire l’amica. Poi rovistò nella borsa di pelle. Dopo aver stappato dodici boccette, finalmente Oni annuì. Oliver annusò il profumo. Menta piperita, sì, decisamente.

Intinse due dita nell’unguento e le strofinò sulla nuca di Oni, come gli aveva sussurrato di fare. Tre respiri più tardi era seduta accanto a lui. Il viso aveva ripreso il suo colore, e la sua bellezza.

Oliver distolse in fretta lo sguardo.

“Grazie!”, disse Oni. “La pietra di magneto si è espressa chiaramente: vuole restare qui, e tutta d’un pezzo”.

Oliver annuì in silenzio. Questo però significava che anche loro sarebbero stati costretti a restare sul continente artico fino alla fine dei tempi.

Si alzò e tirò su Oni. “Andiamo a cercare gli altri”.

In quel momento udirono il mammut. Con calma e senza fretta, scendeva per un antico sentiero verso valle, diretto verso Oni e Oliver. Sulla sua groppa splendeva qualcosa dalla luminosità sovrannaturale. Dietro, riconobbero i volti di Belle e Connor. Oliver fece un respiro profondo. Anche quei due sembravano essere sopravvissuti indenni al terremoto. E avevano un’altra sorpresa, concreta.

“L’abbiamo preso!” gridò Connor e alzò la mano brillante come un trofeo di calcio nel cielo notturno.

Belle, nel bel mezzo dell’onda d’urto, era riuscita a catturare alcuni frammenti volanti che aveva staccato dalla pietra di magneto.

Secondo le stime di Oliver, l’energia di quel minuscolo pezzettino sarebbe bastata per riportarli a casa.

"Presto, allora!" ordinò Oliver. "Prima che il gigante vendichi il furto. Uno dei suo dipinti mostrava quello che succede alle persone che lo ingannano... e sono certo che non vorreste vivere la stessa esperienza..."

Oni fece in modo che Ruzzolina depositasse anche lei e Oliver sulla sua groppa, poi il mammut si diresse al trotto verso il luogo dove si trovava la più ingegnosa invenzione dei fratelli Gufenstein. Oliver aveva memorizzato i segni nel paesaggio che il gigante aveva immortalato sulla parete della grotta. Eckbert Testasaggia li stava aspettando alle pendici della montagna e ora gli indicava la strada. Anche lui era stato scaraventato dalla scossa per qualche metro nella foresta.

Dopo un'ora di viaggio, i guardiani dell'ACE raggiunsero una collina che sovrastava la foresta. Sulla sua sommità, a trenta passi l'uno dall'altro, si ergevano due enormi alberi. I tronchi erano così grandi che non potevano circondarli neanche dieci uomini con le braccia tese. Nel mezzo, fissato da innumerevoli cinghie di cuoio, c'era qualcosa che lasciò il professor Nikolajew senza parole: due enormi eliche.

A venti metri da loro fluttuava lo Sky Explorer; McFinnegan aveva ordinato a TICI di andare lassù, e si sentiva chiaramente.

"Solo un'innocua escursione!" lo rimproverò l'unità AI. "Un'altra avventura innocua come questa e io mi riprogrammo in frullatore da cucina! Il bellissimo Sky Explorer X9-24! L'ha quasi fatto a pezzi! Se non fosse stato per le operazioni di salvataggio che ho eseguito subito..."

"Va tutto bene, Tici" la interruppe McFinnegan. "Ti candiderò per la coccarda del Cetriolo d'oro al miglior soccorritore".

Tici rispose con una rapida successione di segnali acustici dal tono indignato. "Cetriolo d'oro?! Mi prendi in giro, per caso, Harold?"

Oliver sorrise. Qui andava tutto come al solito. A quanto pareva, i due erano sopravvissuti all'onda d'urto dell'energia senza grossi danni.

La mammut si fermò al segnale di Oni e posò a terra i passeggeri. Belle, Connor e Oni iniziarono a salutare tutti. Ci sarebbe voluto un po' di tempo, perché si era radunata lì quasi tutta la tribù della regina. Questa non li ringraziò solo per aver liberato il depositario della scienza segreta; era felice anche e soprattutto per l'esperienza unica nella caverna del gigante e perché finalmente sapeva che cosa era successo ai fratelli Gufenstein. Infatti, come all'epoca non avevano informato nessuno della partenza dal Voletarium verso il continente artico,

così non l'avevano mai fatto neppure prima del loro ritorno. Sì, erano riusciti a realizzare l'immenso ventilatore senza chiedere aiuto agli abitanti.

A Oliver non erano mai piaciute le scene d'addio. Per fortuna al momento aveva già abbastanza a cui pensare e poteva risparmiarsele. E gli altri erano abbastanza impegnati a parlare della strana onda d'urto.

Si incamminò su per la collina fino alle eliche. Proprio come aveva visto nel dipinto del gigante, dietro di esse c'era una piccola cassetta. Oliver lo aprì e, come previsto, al suo interno c'era un'anonima scheggia di pietra, grande quanto la testa di uno spillo. Era un pezzo di magneto che aveva esaurito l'energia. Oliver lo prese e lo infilò in una scatoletta in cui di solito conservava gli insetti che catturava per poi esaminarli a casa.

Il pezzettino luminescente che avevano portato Belle e Connor, invece, lo mise nella cassetta.

Chiuse il coperchio e tirò la leva che sporgeva dal retro. Lì accanto, un piccolo indicatore iniziò a lampeggiare. All'inizio in modo incerto, ma poi sul pannello apparvero delle cifre. Un 29, poi un 28, poi un 27.

Oliver comprese. Era un conto alla rovescia che stava già scorrendo inesorabilmente. Un'altra invenzione che i fratelli avevano realizzato prima di chiunque altro.

"Venti secondi al decollo" gridò ai suoi amici correndo giù per la collina. "A bordo, ragazzi! E gli altri, al riparo!"

Quando Oliver raggiunse la scaletta di corda, sentì su tutto il corpo che le eliche si erano accese. La folata di vento che gli arrivò lo strattonò già con una forza tremenda. E questo era una sciocchezza, era solo l'inizio.

I primitivi li salutarono un'ultima volta, poi si allontanarono in fretta. Oni, appesa alla scala sopra Oliver, salutava i mammut. Ruzzolina barrì. La chioma riccia le svolazzava già intorno alle orecchie.

"Tenetevi!" Oliver sentì Connor gridare sopra di lui. Connor era in piedi sulla porta dello zeppelin. "Ora aumento un po' la velocità dell'argano".

Con un ronzio, la scala fu ritirata. Lo Sky Explorer vibrava come un cavallo da corsa in attesa del segnale di partenza.

"Due secondi" disse Oliver infilandosi nello zeppelin.

Vide che McFinnegan era già nel posto di pilotaggio con la cintura allacciata. Connor e Belle erano appoggiati al muro accanto alla libreria, Oni era sotto il tavolo da disegno, riparava Anubi sotto di sé.

"Uno!" annunciò Oliver, e lanciò un ultimo sguardo al continente artico. Le eliche giravano già così velocemente da risultare invisibili. Sembravano solo un disco che ruotava tra gli alberi. La raffica di vento colse ora lo zeppelin con tutta la sua potenza.

Oliver si aggrappò al telaio della finestra. La foresta sotto di loro divenne più piccola, le montagne divennero colline, i mammut formiche. Ben presto il ghiaccio intorno all'oasi verde tornò a essere visibile, poi tutto fu solo bianco.

Lo Sky Explorer vorticò nell'aria come aveva fatto il Volatus II all'andata. Per un attimo a Oliver parve di scorgere la sagoma di un enorme cavallo nel cielo dietro di loro. Ma poco dopo era di nuovo scomparso.

Oliver sentì che nel suo cuore si scontravano due emozioni. Da un lato, era felice e orgoglioso di aver scoperto così tanto sui suoi grandi idoli, i Gufenstein. Dall'altro, triste, perché avrebbe voluto parlare di più con gli indigeni, che gli avrebbero insegnato tante cose sulla loro vita, e dunque sui loro antenati, e anche i suoi.

La violenta tempesta artificiale durò cinque ore, poi, lentamente, la potenza della pietra di magneto si attenuò. Lo Sky Explorer era stato scosso senza riserve. Ma non c'era nessun danno che non si potesse riparare in poche mosse.

Quando il professor Andrei Nikolajew uscì dal dormitorio, si erano già lasciati lo spazio aereo sopra l'Europa alle spalle e si stavano avvicinando al castello di Deep Fog.

"Per fortuna l'esplosione aveva piegato solo alcune viti del volarizzatore" disse, spiegando il miracoloso ripristino del velivolo. "Tici aveva già sistemato tutto alla perfezione".

"Dovevo trovare il modo di intrattenermi" aggiunse l'unità AI. "Ero così in pensiero che mi si sono quasi arrugginiti i circuiti. Insomma, Harold non si è più fatto vivo neanche una volta".

McFinnegan fece solo un grugnito. Nella sua mente, sembrava che si stesse già preparando alla conversazione con la sua superiore.

Niente corteo trionfale

Quando, due ore più tardi, lo Sky Explorer attraccò nel porto aereo, fu subito circondato dagli studenti e anche da alcuni degli insegnanti dell'accademia.

Il loro arrivo avrebbe potuto essere un vero trionfo. A Oliver sarebbe piaciuto raccontare alla cricca super cool che aveva pilotato il Volatus II in mezzo a un uragano. O che aveva cavalcato un mammut. O che aveva scoperto la stanza segreta del Voletarium. Ma non avevano il permesso di rivelare tutto questo. Erano stati scelti come guardiani dell'ACE, e il loro compito più semplice era quello di tenere la bocca chiusa a riguardo. Sempre. La versione ufficiale era che erano andati a prendere il professor Nikolajew, ma durante il volo di rientro erano stati costretti ad atterrare per via dell'esplosione. Le riparazioni avevano richiesto tempo ed erano riusciti ad arrivare solo adesso.

"Allora, Oli?" iniziò subito quel piantagrane di

Zack. “Ce l’avevi un altro paio di mutande? Con quell’esplosione, mi sa che il primo si sarà sporcato...”

Pocahontas, Mary-Jay e Akono risero.

Oliver era sul punto di raccontare del continente artico. Ma sentì Connor schiarirsi la gola accanto a lui. Il suo compagno di stanza aveva probabilmente intuito che cosa passasse nella mente dell’amico.

“Non vale la pena tradire van Robbemond per questi qua” gli sibilò Connor all’orecchio. “Sorridi e ignorali. È quello che li fa infuriare di più”.

Oliver per un attimo si morse le labbra. Poi sorrise, anzi, sogghignò. Sogghignò altezzoso a tutti e quattro.

Se solo sapeste!, pensò Oliver, e quella frase gli si rifletteva sul volto. Invece di aggirarli, Oliver alzò una mano, spinse da parte Akono e Pocahontas e proseguì

per la sua strada passando in mezzo a loro. Oni e Anubi, Connor e Belle lo seguirono nell'ufficio di Catherine Noir. La presidente dell'ACE offrì loro le sedie che di solito erano riservate alle riunioni dei membri più importanti del Club. Chiuse la porta alle spalle di Belle e fece scattare un piccolo interruttore sul telaio. Un lungo bip appena udibile, ma fastidioso, giunse all'orecchio di Oliver.

"È un rumore di disturbo" spiegò Noir. "Ora la stanza è a prova di intercettazioni. Dopotutto, sembra che la Bone si stia interessando molto a noi ultimamente".

E poi iniziarono il racconto. Dal principio e senza omettere alcun dettaglio.

"Nei registri dei fratelli Gufenstein avevo finalmente trovato la prova dell'esistenza di un laboratorio segreto!" disse il dottor professore Andrej Nikolajew, per spiegare da che cosa fosse originata tutta la faccenda.

Poi McFinnegan raccontò dell'atterraggio sul continente artico, del primo contatto con i moderni popoli primitivi e di come Oliver avesse rinvenuto l'Atebar. Tralasciò il duello di Belle con la regina Ulrika, evidentemente pensando alle escursioni future. Noir non avrebbe certo dovuto aggiungere un altro supervisore a bordo.

"Il potere della pietra era incredibilmente intenso"

illustrò Nikolajew. “Non solo respingeva le immagini satellitari e i velivoli, ma esercitava un’enorme forza di attrazione sui cuori umani. Io, per esempio, sarei rimasto per sempre lì seduto accanto alla pietra, se questi quattro bambini non mi avessero trascinato via con la forza”.

Il professore si alzò e strinse la mano a tutti e quattro in segno di ringraziamento.

“Già, e poi Oliver ha capito come vincere quell’attrazione” aggiunse Belle entusiasta. Poi guardò Connor con gli occhi che brillavano. “Connor ha superato di soppiatto il gigante di guardia con me in spalla. Oni ci aveva dato delle erbe dalla sua borsa per renderci immuni al potere della pietra”.

Connor annuì. “Il gigante non ha battuto ciglio quando gli sono sgusciato accanto” confermò. “E anche se la pietra emanava un chiarore accecante, Belle l’ha centrata in pieno con la spada. Sono bastati tre colpi per ottenere il frammento che ci serviva!”.

Connor tese la mano a Belle. Belle la prese e per un attimo la strinse. Finché non sentì che gli altri la guardavano. Belle arrossì e lasciò in fretta la mano di Connor. Ma i suoi occhi continuavano a brillare per lui.

Oliver appoggiò sul tavolo il piccolo frammento di pietra spento che i Gufenstein avevano sfruttato per lasciare il continente dopo vent'anni di permanenza.

"Il magneto avrebbe risolto il problema energetico mondiale in un colpo solo" aggiunse Oliver, chinando la testa. "Ma soltanto staccare quella briciola ha scosso l'intero campo energetico della Terra".

Catherine Noir annuì. "Sì, stanotte l'Inghilterra e tutto l'emisfero nord sono stati scossi da un potente terremoto" riferì. "Quindi usare l'energia del magneto comporta rischi troppo alti. Probabilmente questo resterà per sempre l'unico pezzo a uscire da quella straordinaria caverna".

Persa nei suoi pensieri, Noir passò un dito sul frammento di pietra.

Harold Godric McFinnegan tirò fuori una mappa abbozzata del continente artico e Nikolajew alcuni documenti segreti che aveva salvato dalle grinfie della Bone.

Catherine Noir annuì.

"Questi oggetti andranno dritti nel nostro caveau" spiegò. "Sia mai che a qualcuno venisse la folle idea di rifare questo pericoloso viaggio. Andrej, anche tu per favore attieniti alla storia ufficiale, secondo cui non ci sono ancora prove definitive a sostegno del primo volo".

Il professore si impastò il viso con le mani, ma alla fine annuì.

"E a voi quattro guardiani va il ringraziamento di tutta l'ACE" disse la Presidente rivolgendosi a Oni, Belle, Connor e Oliver. "Avete svolto il vostro compito con la massima soddisfazione da parte mia, e credo sia giusto dire anche da parte di Bartholomeus. Vi si presenteranno di sicuro altri viaggi. Tuttavia, non dovranno essere per forza pericolosi come questo".

Con queste parole congedò i suoi ospiti.

"E adesso?" domandò Connor quando furono di nuovo nel fresco corridoio del castello.

Oliver buttò fuori l'aria con forza. "Tssss! Non so che cosa abbiate in programma, ma io per prima cosa vado a riempirmi la pancia nella sala dei banchetti" dichiarò. "La bistecca di rinoceronte lanoso non faceva esattamente per me. Dopodiché, dormirò per almeno quattro giorni".

Connor, Belle e Oni risero. Anubi saltò su e giù squittendo. Sul cibo non aveva mai nulla da obiettare.

Quando Oliver fece per avviarsi, Connor gli posò una mano sulla spalla, come aveva fatto tante volte durante questa avventura, nelle situazioni più critiche. Allungò l'altra mano verso Belle, Belle tirò Oni a sé e Oni finalmente completò il cerchio con Oliver.

"Esploratori dell'ACE!" disse Connor a voce bassa ma vigorosa. "Abbiamo compiuto imprese incredibili e faremo lo stesso nelle nuove avventure. Perché da soli siamo bravi, ma insieme siamo imbattibili!".

"Yes, Sir!" rispose Oliver, premendo forte la fronte sulla spalla di Connor. Il suo cuore traboccava di gioia. Connor, Oni e Belle erano i migliori amici che avesse mai avuto.

S=
a=

Ringraziamenti

Un ringraziamento speciale va alle persone qui di seguito.

Michael Mack per l'invenzione dell'Adventure Club of Europe e le sue inesauribili visioni per l'ACE.

La famiglia Mack, per il mondo entusiasmante dell'Europa-Park, che racchiude infinite fantastiche avventure e dove la storia dei Gufenstein nel Voletarium prende favolosamente vita.

Nils Feigenwinter per la sua dedizione instancabile e le innumerevoli idee creative che hanno permesso agli esploratori dell'ACE di decollare con il loro Sky Explorer.

Jörg Ihle, per aver animato il mondo narrativo dell'ACE con le sue storie avvincenti, e Tobias Mundiger, per la passione con cui porta l'ACE nel mondo.

Anja Fislage e David Ginnuttis, per la cura e l'attenzione con cui hanno aiutato a sciogliere i nodi della trama e a dare vita ai personaggi.

Saluto

Egregi lettori e lettrici,

l'Adventure Club of Europe non solo indaga da oltre tre anni i misteri del mondo, ma in qualità di Accademia forma anche gli avventurieri di domani. Tra tutti i nostri studenti, si sono distinti i quattro "avventurieri dell'ACE", che Bartholomeus van Robbemond ha eletto a "Guardiani dell'ACE".

I resoconti delle loro avventure sono custoditi nei nostri archivi segreti, insieme a innumerevoli altre cronache di spedizioni e meravigliosi manufatti storici. Da qualche tempo condividiamo con il mondo queste storie che una volta erano segrete, comprese le avventure degli esploratori. Il loro ultimo viaggio li ha portati ai margini della Foresta Nera, al Voletarium, il laboratorio di due nostri membri leggendari. Qui, all'inizio dell'Ottocento, i fratelli Gufenstein svilupparono e sperimentarono macchinari volanti perfettamente funzionanti, di gran lunga all'avanguardia per i loro tempi.

Grazie al generoso e attivo sostegno della famiglia Mack, da generazioni legata all'ACE da un vincolo di amicizia, siamo riusciti a restaurare il Voletarium e a renderlo accessibile al pubblico. A Rust, una città nel Baden-Württemberg, non lontano dal Reno, potete ora visitare il Voletarium di persona e decollare su una replica fedele di una delle macchine volanti dei Gufenstein, per provare il volo più avventuroso della vostra vita.

I fratelli sono scomparsi da lungo tempo durante uno dei loro voli. I nostri esploratori si sono messi sulle loro tracce. Potete leggere ciò che hanno scoperto in questo libro. Spero che vi piaccia e, quando vorrete, sarete sempre i benvenuti nel Voletarium!

La vostra

Catherine Noir

Catherine Noir

22ª Presidente dell'Adventure Club of Europe

Voletarium – Il sogno del volo diventa realtà!

La stanza degli avventurieri nel Voletarium

$I_1=$
$S=$
$a=$
$l_h=\frac{2\sqrt{acp(p-b)}}{}$

$E = mc^2$

$S = a^2\sqrt{3}/4$

$a = \frac{\Delta v}{t}$

$\frac{-b \pm \sqrt{\;}}{2a}$

$I_1=0$
$S=$
$a=$
$l_b=\frac{2\sqrt{acp(p-b)}}{}$

BELLE POMPADOUR

parla 8 lingue

intelligente

memoria fotografica

sa tirare di scherma

dalla Francia